AF540078

शादी का एल्बम

[नाटक]

शादी का एल्बम

गिरीश कारनाड

अनुवाद
पद्मावती राव

राधाकृष्ण प्रकाशन

कन्नड़ नाटक 'मदुवे एल्बम' का हिन्दी अनुवाद

ISBN : 978-81-8361-849-6

शादी का एल्बम

पहला संस्करण : 2017
तीसरा संस्करण : 2026

मूल्य : ₹595

प्रकाशक
राधाकृष्ण प्रकाशन प्राइवेट लिमिटेड
जी-17, जगतपुरी, दिल्ली-110 051
शाखाएँ : अशोक राजपथ, साइंस कॉलेज के सामने, पटना-800 006
पहली मंजिल, दरबारी बिल्डिंग, महात्मा गांधी मार्ग, प्रयागराज-211 001
1, अनमोल सोराबजी संतुक लेन, धोबी तलाव, मरीन लाइंस, मुम्बई-400 002
वेबसाइट : www.radhakrishnaprakashan.com
ई-मेल : info@radhakrishnaprakashan.com

मुद्रक
विकास कम्प्यूटर एंड प्रिंटर्स
ट्रॉनिका सिटी-201 102

SHADI KA ALBUM
Play by Girish Karnad
Translated by Padmavati Rao

अनुवादक की ओर से

श्री रामगोपाल बजाज ने बंगलौर आकर चार दिन का अपना क़ीमती वक़्त इस अनुवाद को दिया। इसके लिए मैं उनकी आभारी हूँ।

—पद्मावती राव

पात्र-सूची

रोहित : सॉफ्टवेयर प्रोडक्शन ऑफ़िस में स्क्रिप्ट राइटर है। उम्र लगभग 30 साल। वह छायाकार भी है।

प्रतिभा खान : तकरीबन पैंतालीस साल की, स्मार्ट, स्पष्ट रूप से रौबदार औरत

विदुला : रोहित की छोटी बहन, उम्र लगभग तेईस साल

हेमा : विदुला और रोहित की बड़ी बहन, नौजवान केतन की माँ

माँ : मिसेज नाडकर्णी, रोहित, हेमा और विदुला की माँ

पिताजी : डॉक्टर नाडकर्णी, सारस्वत ब्राह्मण परिवार के कर्ता, रिटाअर्ड रामदास नाडकर्णी के भाई।

विवान : पड़ोस में रहनेवाली चन्द्रिका कैकिनी का नौजवान बेटा

राधाबाई : नाडकर्णी परिवार की पुरानी बावरचिनी

मोहन हट्टंगडी : डॉक्टर नाडकर्णी के हमउम्र, तपस्या के पिता

मीरा हट्टंगडी : मिसेज हट्टंगडी

गोपाल सिरूर : नाडकर्णी परिवार के दूर के रिश्तेदार

वत्सला सिरूर : मिसेज सिरूर

इंटरनेट कैफ़े का अटेंडेंट

हिन्दू जागरण युवक-1

हिन्दू जागरण युवक-2

अश्विन पांज़े : अमेरिका में कामयाब इंडियन

दृश्य-1

[दृश्य-1 और 5 का समय; बाक़ी के नाटक के लगभग दो साल बाद स्क्रीन पर विदुला क्लोज़-अप में, कैमरे में देखकर बात करती हुई। उसकी उम्र लगभग तेईस साल। उसके हाव-भाव में एक अनगढ़पन और बेचैनी-सी है। रोहित, जो छायाकार है, उसे कई बार टोकता है। उसकी आवाज़ सुनाई देती है पर वह स्क्रीन पर नहीं दिखता।]

विदुला : मैं विदुला...विदुला नाडकर्णी, उम्र बाईस साल। ठीक-ठीक कहूँ तो साढ़े बाईस साल। भूगोल में बी.ए. किया है पिछले साल ही। फ़िलहाल बेकार हूँ। छह महीने एक ट्रैवल एजेंसी के लिए काम किया।

[रुकती है, रोहित को देखती है]

बहुत बोरियत हो रही थी। अगर मैं यू.एस. आऊँ, तो मुझे काम करना पड़ेगा क्या? सच कहूँ, मैं उतनी क़ाबिल नहीं हूँ।

वॉइस ओवर रोहित : थोड़ा सा मुस्कुराती क्यों नहीं? ख़ुश दिखो!

विदुला : क्या मैं उदास लग रही हूँ?

वॉइस ओवर रोहित : नहीं-नहीं, पर ज़रा मुस्कुराओ...ज़रा हँसो...ख़ुश लगो। फिर से शुरू करें?

विदुला : क्या ? फिर से ! बिलकुल नहीं। यह तीसरी बार है।

वॉइस ओवर

रोहित : जानता हूँ। पर याद रखो, तुम उसे अपना सबसे बढ़िया रूप पेश करने की कोशिश कर रही हो।

विदुला : जी नहीं—मैं कैसी हूँ, वह इतना जान जाए तो मेरे लिए काफ़ी है।

वॉइस ओवर

रोहित : इस ढंग से तो मत पेश आओ कि वह तुम्हें पसन्द ही न करे। *(विराम)*

विदुला : *(नाख़ुश, सीधे कैमरे को देखकर कहती है)*...जैसा कि आप देख सकते हैं, मैं कोई अप्सरा नहीं हूँ। न ख़ूबसूरत हूँ, न ही ग्लैमरस...मुझमें ख़ास कुछ भी नहीं। मैं नहीं चाहती कि आप बाद में पछताएँ।

[कैमरा विदुला पर से हटकर लिविंग रूम के किसी कोने को अजीब से एंगल से दिखाता है]

वॉइस ओवर

रोहित : देखो, किसी भी हालत में हम यह टेप उसे नहीं भेज सकते। वह...

विदुला : *(ग़ुस्से में)* मैं रीशूट नहीं करूँगी। चलो, आगे बढ़ें। मैं ऐसी ही हूँ। तुम जानते हो, अगले टेक में मैं इससे बेहतर नहीं, बदतर हूँगी। और भी बदतर भूल करूँगी।

वॉइस ओवर

रोहित : ठीक है। तुम्हारी ज़िन्दगी है।

[कैमरा फिर विदुला पर आ ठहरता है। अब शूटिंग बग़ैर किसी रुकावट के होती है]

विदुला : *(रोहित से)* अब किस बारे में बात करूँ ?

वॉइस ओवर

रोहित : हमारे परिवार के बारे में बात करो। वह जानता तो है, पर तुम उसे बताओ...

विदुला : *(कैमरे से)* मेरे पिताजी सरकारी डॉक्टर थे। हम तीन हैं। सबसे बड़ी बहन हेमा शादीशुदा है—ऑस्ट्रेलिया में रहती है। फिर रोहित, जो इस फ़िल्म को शूट कर रहा है। लेखक है। टेलीप्लेज़ के लिए कहानियाँ और स्क्रिप्ट लिखता है। फिर मैं। हम तीनों में से रोहित सबसे होनहार है।

[कैमरे को देखकर खिसियाती है]

कम से कम वो ऐसा सोचता है।

[रोहित तुत्-तुत् करता है]

ज़ाहिर है, हम इस बात से सहमत नहीं हैं। *(फिर खिलखिलाती है। अचानक गम्भीरता से)* ...कहते हैं, हेमा और रोहित के बीच एक और भाई था। मेंटली रिटार्डेट था। गुज़र गया...पता नहीं कैसे!

वॉइस ओवर

रोहित : जीज़ज़! तुम उसे इम्प्रेस करना चाहती हो या भगा देना चाहती हो?

विदुला : *(रोहित से)* पूरा सच क्या है जानने दो न उसे। कौन जाने, शायद वह जेनेटिक्स को माननेवाला हो, हेरिडिटी...*(कैमरा से)* यू नो हाउ इट इज...कुछ ऐसी बातें होती हैं जिनके बारे में परिवार में कोई बात नहीं करना चाहता।

वॉइस ओवर

रोहित : उसे अपने बारे में बताओ।

विदुला : पर मैं आपको यक़ीन दिला दूँ कि मैं रिटार्डेट नहीं हूँ। *(हँसती है)* कम से कम मैं तो ऐसा नहीं सोचती।

मेरा आई.क्यू. है...अहं, ये ख़ास बात है...नहीं बताऊँगी। और क्या? ओह, हाँ! खाना कुछ ख़ास नहीं पकाती। शुकर है किसी ने अब तक सी.क्यू. की खोज नहीं की—कुकिंग क्वोशंट। *(खिलखिलाती है)* यह चुटकुला पिताजी का है। मेरा सी.क्यू. कुछ अस्सी के आसपास होगा। पर, क्योंकि मैं ऑफ़िस के काम में बिलकुल निकम्मी हूँ, रसोईघर में हाथ भाँजना ख़ूब अच्छी तरह सीख जाऊँगी। *(रोहित से)* यह सब करना ज़रूरी है। बेवकूफ़ी है। *(कैमरा से)* जैसे कि आप देख रहे हैं...इसमें भी मैं निकम्मी हूँ। वीडियो कैमरे की खोज से पहले लोगों की मुलाक़ात कैसे होती थी?
आई फ़ील लाइक अ गूज़...अब गूज़ से मेरा क्या मतलब, मैं भी नहीं जानती...सच!

[खिलखिलाती है]

वॉइस ओवर
रोहित : प्लीज़, अब खिलखिलाना शुरू मत करो। एक बार शुरू हो गई तो तुम रुक नहीं पाती हो।

विदुला : *(खिलखिलाती हुई)* उसे इसके बारे में भी पता होना चाहिए, नहीं? *(कैमरा से, रोहित की ओर उँगली से इशारा करते हुए)* पर, वह बिलकुल सही कह रहा है। एक बार खिलखिलाने लग जाऊँ तो रुक नहीं पाती।

[खिलखिलाती है]

वॉइस ओवर
रोहित : सँभालो अपने आपको।

[और भी खिलखिलाने लगती है]

दैट्स डन इट!

[टेप ख़त्म हो जाती है। ऑफ़िस में लाइट्स ऑन होती हैं। सॉफ़्टवेयर प्रोडक्शन ऑफ़िस में रोहित और प्रतिभा टेप देख रहे हैं।

प्रतिभा : लगभग पैंतालीस साल की, स्मार्ट-से कपड़े पहने हुए, स्पष्ट रूप से रोबदार औरत है।

रोहित : अब लगभग तीस साल का, सूट पहने हुए। टाई बड़े स्टाइल से ढीली लटकती हुई, जैकेट कुर्सी पर टँगी हुई है। किसी ज़माने में वह दुबला हुआ करता था पर अब नहीं। उसकी मूँछें ऐंठदार हैं।]

रोहित : यह उसका पहला टेप था। पर वह इससे अच्छी हो गई—ज़रा रिलैक्स्ड। बाद के टेप्स में काफ़ी अच्छी है...सच!

प्रतिभा : रोहित, मुझे पता नहीं। मुझे तुम्हारी बहन बहुत अच्छी लगती तो है। पर मुझे नहीं लगता...

[विराम]

रोहित : क्या नहीं लगता?

प्रतिभा : कि आज के इस ज़माने में कोई इस कहानी का यक़ीन करेगा।

रोहित : प्रतिभा जी, यह सब वाक़ई हुआ। सिर्फ़ दो साल पहले।

प्रतिभा : रोहित, हमारे जो दर्शक हैं, वो ज़्यादातर जवान हैं—कॉलेज जानेवाले या आई.टी. वाले या आई.टी. के बननेवाले...टाइप।

रोहित : तो?

प्रतिभा : मेरे कहने का मतलब है...वो शायद इस बात को भले ही मान लें, पर पसन्द नहीं करेंगे। सुशिक्षित

मध्यमवर्गीय परिवार की लड़की—ग्रेजुएट—शादी करती है उससे जिसे वह एक हफ़्ते से भी कम समय से जानती है। घरवाले हाथ पर हाथ धरे कुछ नहीं करते।

रोहित : वे दोनों पूरी तरह से एक-दूसरे के लिए अजनबी नहीं थे। मतलब कि...उन्होंने अपने वीडियो टेप्स एक-दूसरे को दिए थे—एस.एम.एस. किए थे....फ़ोन पर बातचीत की थी। वह हमारी बिरादरी का है...

प्रतिभा : उसके कोई ब्वॉयफ्रेंड्स नहीं थे ? कोई चक्कर वग़ैरह नहीं ?

रोहित : नहीं-नहीं...'अच्छी' लड़की थी।

प्रतिभा : ओह ! तो तुम्हारे मुताबिक़ 'अच्छी लड़की' की परिभाषा ये है।

रोहित : इसमें ग़लत क्या है ? वो वाक़ई मासूम थी।
ब्वॉयफ्रेंड्स बनाने से उसे किसी ने नहीं रोका। मेरी एक गर्लफ्रेंड थी...कैथोलिक...किसी को एतराज़ नहीं था। *(ज़रा सा विराम)*

प्रतिभा : शादीशुदा ज़िन्दगी कैसी रही ?

रोहित : ठीक ही रही होगी, शायद ! शादी को दो साल हो गए अब तक घर नहीं आई।

प्रतिभा : तुम्हारी माँ और पिताजी को देखने तक नहीं ?

रोहित : वो प्रेग्नेंट थी...दिन गए थे उसके...पाँव भारी थे। पर विदुला की नाज़ुक तबीयत की उसे बड़ी फ़िक्र थी—तो उसे घर नहीं भेजता था, जिससे माँ के दिल को चोट लगी। गहरी चोट।
फिर मिसकैरेज हुआ। पिताजी गुज़र गए और माँ ने तो एकान्तवास को जैसे गले ही लगा लिया। हमारे धारवाड़ के घर में अकेली रहती है। विदुला अब फिर से प्रेग्नेंट है। वह माँ को और ऑस्ट्रेलिया में जो हमारी बहन है हेमक्का उसको चिट्ठियाँ लिखती है। पर अफ़सोस

की बात है कि अपनी शादी के बाद मैं बंगलौर चला आया और सम्पर्क छूट गया...लॉस्ट टच।

तुम जानती हो हमारे पेशे में कैसा दबाव होता है, प्रोफ़ेशनल प्रेशर्स!

प्रतिभा : वही तो मैं कह रही हूँ! तुम्हें उसकी असली ज़िन्दगी में दिलचस्पी नहीं, टेली सीरियल के एक किरदार को दिलचस्प कैसे बना पाओगे?

रोहित : *(ग़ुस्से से)* ये नाइंसाफ़ी है, प्रतिभा जी, मैंने यह नहीं कहा कि नहीं है मुझे कोई दि...

प्रतिभा : सॉरी रोहित, यह कहानी नहीं चलेगी, मेरे लिए तो नहीं—दसवें एपिसोड में वो कौन सी लाइन है—ज़रा उसको देखें, उसमें कुछ बात है।

रोहित : राधाबाई ?

प्रतिभा : हाँ।

[रोहित काग़ज़ निकालने लगता है—फेड आउट]

[दृश्य-1 समाप्त]

दृश्य-2

[घर का एक लिविंग रूम, ब्रिटिशराजकालीन ट्रैवलर्स बँगलों के ढंग में बना—आलीशान, धूल भरा। एक तरफ़ काँच के दरवाज़ों वाली एक अलमारी, किताबों से लदी। इसमें ज़्यादातर हाल ही में छपे पेपरबैक्स हैं। चमड़े में आवृत बड़ी-बड़ी मोटी किताबों के बीच घुसाकर रखी हुई ये किताबें अपने आपको मजबूर पा रही थीं। दीवार पर एक ग्रैंडफ़ादर क्लॉक है और उसके बग़ल में स्वामी जी की एक तस्वीर, सारस्वत ब्राह्मणों के संन्यासी गुरु। कमरे की दूसरी दीवारों पर ताक बने हुए हैं जिन पर प्लास्टिक की कई सारी चीज़ें हैं, मिनिएचर मूर्तियाँ गणेश जी की, सीप की बनी मूर्तियाँ और परिवार के स्नैपशॉट्स जो ऐसे फ्रेम्स में मढ़े हैं जो किसी की भी नज़र से नहीं बच सकते। सिर्फ़ इस वजह से कि उनकी ज़िद है कि उनकी पहचान किसी एक शैली या पसन्द से न बने!

बीच में एक चौड़ा सोफ़ा है। उसके अगल-बग़ल लकड़ी और बेंत की कई कुर्सियाँ।

माँ और विदुला सोफ़े पर ढेर सारी पड़ी साड़ियों को परख रही हैं।

पिताजी कुर्सी पर बैठे हैं, हाथों में अख़बार लिये, पर उनका ध्यान अख़बार पर नहीं है। बीच-बीच में अख़बार नीचे करते हैं। क्षितिज को देखते हैं। कभी जँभाई लेते हैं और आह भरते हैं।]

पिताजी : बोरियत हो रही है...
वक़्त खिसक ही नहीं रहा!

विदुला : *(विदुला साड़ी उठाती है)* यह इन्दिरा काकी के लिए, क्यों? और वो शायद मित्रा काकी के लिए!

माँ : इतनी अच्छी साड़ी इन्दिरा के लिए? हमें अपने यहाँ खाने पर कभी बुलाया तक नहीं उसने। नौ साल में एक बार भी नहीं।

विदुला : कम से कम उनकी बोली तो मीठी है।

माँ : मीठी बोली? अहँ—मीठी छुरी। मुस्कुराती तो यूँ है जैसे किसी टूथपेस्ट का ऐड, पर अन्दर से बिलकुल इमली। *(एक रेशमी साड़ी उठाती है)*
अब यह कांजीवरम्। तुम्हें क्या लगता है, हेमा को यह पसन्द आएगी?

विदुला : यह अक्का का रंग नहीं है। कम से कम मैंने तो उन्हें इस रंग में कभी नहीं देखा! *(पुकारती है)* हेमक्का, हेमक्का—

हेमा : *(अन्दर से)* हाँ।

विदुला : वहाँ अन्दर क्या कर रही हो? चोपड़ा ने साड़ियाँ भेजी हैं...चुनने के लिए...चलो, अब बाहर आओ।

हेमा : *(अन्दर से)* मैंने देख ली। सब अच्छी हैं। बहुत अच्छी—अब एक काम करने के लिए तीन लोगों की ज़रूरत तो नहीं है न! आप चुन लीजिए—आप जो भी चुनें, मेरे लिए ठीक है।

[माँ विदुला की ओर यूँ देखती है जैसे हेमा को समझना उसके बस की बात नहीं। वह दो साड़ियाँ उठाती है।]

माँ : शान्ति की बहुओं के लिए ये दो चल जाएँगी?

विदुला : *(हँस पड़ती है)* यह मुक्ति के लिए? मज़ाक़ कर रही हो क्या? इससे क़ीमती साड़ियाँ तो वह घर में हर रोज़ पहनती है। हेमक्का, बाहर आओ, प्लीज़...सिर्फ़ पाँच मिनट के लिए।

माँ : देखो, उनके नख़रों को बढ़ावा देने की हमें कोई ज़रूरत नहीं। हमारी जितनी चादर हम उतने पैर फैलाएँ बस! *(हेमा प्रवेश करती है)* तुम क्या जानती नहीं, उसने अपनी बेटी की शादी में मुझे कैसी साड़ी दी थी?

हेमा : किसकी शादी?

माँ : मुक्ति की शादी में...मैंने वो राधाबाई को दे दी।

[विदुला हँस पड़ती है। आँचल के कोने से मुँह छुपाए माँ भी हँसती है]

विदुला : अरे, आपने अब तक यह कहानी नहीं सुनी?

हेमा : कौन सी?

विदुला : *(अपनी आवाज़ धीमी करती हुई ताकि रसोईघर तक न पहुँचे)* मुक्ति ने माँ को अपनी बेटी की शादी में एक साड़ी दी। माँ को बिलकुल पसन्द नहीं आई। सच पूछो तो उसे इतना ग़ुस्सा आया कि उसने वो दे दी *(रसोईघर की ओर उँगली से इशारा करती हुई)* राधाबाई को। दो महीने बाद, हमने जब मुक्ति को खाने की दावत दी, राधाबाई खाना परोसने आई...और लो जी, देखिए, हमारी राधाबाई क्या पहने हुई हैं?...

हेमा : *(विदुला की हँसी में शामिल होती हुई)* हे भगवान! क्या कह रही हो! *(राधाबाई रसोईघर से निकलती है)*

राधाबाई : खुसफुस करने की कोई ज़रूरत नहीं, विदुला। मेरे कान अब भी सही-सलामत हैं। उस दिन जो भी हुआ, उसमें मेरी कोई ग़लती नहीं थी।

माँ : मैंने तुम्हें आधा दर्ज़न साड़ियाँ तो दी हैं। अब मुझे क्या सपना दिखता जो जानती कि जिस दिन मुक्ति यहाँ टपकेगी उसी दिन तुम ठीक वही साड़ी चुनकर पहनोगी ?

राधाबाई : मुझे किसी ने बताया ही नहीं। पता होता तो हाथ नहीं लगाती।

[सहज बर्ताव की कोशिश के पीछे दबा ग़ुस्सा ज़ाहिर होता है]

विदुला : ओहो! ग़ुस्सा क्यों हो रही हो ? कोई तुम पर उँगली नहीं उठा रहा।

माँ : अच्छा सबक़ सिखाया मुक्ति को।

विदुला : बात यह है कि जब भी राधाबाई कुछ परोसने आती मुक्ति साड़ी को घूर-घूरकर देखती...इतना कि राधाबाई को यक़ीन हो गया ज़रूर कुछ गड़बड़ है। तो उसने बरतन रख दिया और साड़ी की हर तह जाँचने लगी, लगातार पूछती हुई, 'क्या हो गया ? साड़ी पर कोई दाग़ है क्या ? कहीं फट गई है ?' *(राधाबाई की नक़ल करती है।)*

हमारी बोलती बन्द...अब इसको लगाम कौन दे! और यहाँ मुक्ति और भी खलबला रही थी। हाये, मैं तो मर जाती!

[सब हँसते हैं। राधाबाई भी मजबूरन ज़रा सा हँस देती है।]

राधाबाई : कोई बात नहीं माँ! अब मैं अपनी साड़ियाँ ख़ुद ख़रीद लूँगी। वैसे तनख़्वाह तो आप मुझे काफ़ी देती ही हैं।

[माँ इशारे से समझाती है कि राधाबाई चिढ़ गई है। विदुला मुस्कुराती कन्धे हिलाती है]

हेमा : माँ, मुक्ति चाहे कैसी भी हो, यह बिलकुल नहीं हो सकता कि हम उसे अच्छी साड़ी न दें...वो भी हमारे घर की शादी में!

विदुला : वरना पता है वह क्या करेगी? हमें अपने घर खाने पर बुलाएगी और अपनी नौकरानी को हमारी दी हुई साड़ी में पेश करेगी—सिर्फ़ हिसाब चुकता करने।

पिताजी : *(क़रीब-क़रीब अपने आपसे)* काश! रामदास यहाँ होता। उसकी इतनी मदद होती। उसके बग़ैर पता नहीं कैसे होगा सब कुछ...

हेमा : आप फ़िकर मत कीजिए, अप्पा। रोहित है यहाँ। वह क़ाबिल है।

पिताजी : पर क्या वह सब सँभाल पाएगा? अनुभव तो उसे है नहीं। मेरी हालत तुम जानते ही हो...यूँ है। मैं भाग-दौड़ नहीं कर सकता। रामदास होता तो बिलकुल अनमोल होता। तुम्हारी शादी में सारी भाग-दौड़ उसी ने की थी।

हेमा : *(अपने आपसे)* मेरी शादी में! मुझे किसी की भी भाग-दौड़ याद ही नहीं आ रही।

विदुला : *(कांजीवरम् साड़ी उठाती है)* यह कैसी रहेगी?

हेमा : किसके लिए?

विदुला : तुम्हारे लिए...माँ ने तुम्हारे लिए चुनी है। पर मुझे नहीं लगता कि यह तुम्हारा रंग है!

हेमा : *(बग़ैर किसी उत्साह के)* क्यों? अच्छी है। बहुत अच्छी है—लवली!

विदुला : देखा माँ, उसे ज़्यादा पसन्द नहीं। मैंने कहा था न? मैं ख़ुद उसके लिए एक और चुन लूँगी।

माँ : अगर तुम्हें पसन्द नहीं, तो साफ़-साफ़ क्यों नहीं कहतीं—ये सब क्यों...

हेमा : ये सब? क्या मतलब? मैंने क्या कहा?

माँ : *(हार मानकर)* ठीक है, विदुला, तुम इसके साथ निपट लो। *(हेमा से)* यह धोती तुम्हारे पति के लिए है।

हेमा : किसलिए? साड़ी काफ़ी है न! ऑस्ट्रेलिया में वह धोती कहाँ पहनेगा?

माँ : यह हमारी *(शादी की)* रीत है...ऑस्ट्रेलिया हो या न हो। और धोती के साथ...यह भी *(सोने की चेन हाथ में उठाए)*...उसके लिए।

हेमा : नहीं-नहीं। इतनी महँगी चेन! वह क्या करेगा इसका? अँगूठी तक नहीं पहनता। *(खलबलाई हुई)* एक्सक्यूज़ मी। मुझे अनपैक करना है। इतने सारे बिन बुलाए मेहमान! मुझे शुरुआत करने का मौक़ा तक नहीं मिला।

[हेमा अपने कमरे में चली जाती है]

विदुला : चलो, अच्छा है—मेरी शादी के बहाने सबको अपना ग़ुस्सा ठंडा करने का मौक़ा तो मिल रहा है!

माँ : इसका तुम्हारी शादी से कोई वास्ता नहीं। वह तो हमेशा से ऐसी है। हर साल, वही कहानी। यहाँ आने के बाद कुछ दिन सब सही रहता है...ख़ुश...हँसती-खेलती है—फिर न जाने क्या गड़बड़ हो जाता है!
(विदुला हेमा के पीछे उसके कमरे में जाती है) बच्ची का मुँह देखने को साल भर तड़पते रहो। पर चार दिन के अन्दर-अन्दर उसके तेवर ही बदल जाते हैं। और फिर एक लफ़्ज़ कहो तो कम है। और दो, बहुत ज़्यादा। मुझे पता नहीं...पर मैं कुछ कहूँ न कहूँ, मुझ पर बरसने का एक मौक़ा नहीं छोड़ती।

पिताजी : भई, पति, बेटा...सबको छोड़कर आई है। उनकी याद सताती होगी न!

[विदुला हेमा का हाथ धरे आती है]

विदुला : देखो, यह शादी वाक़ई होगी या नहीं, मैं नहीं जानती।

हेमा : बेहूदा बातें मत करो।

विदुला : ख़ैर, जब होगी तब होगी। कम से कम तब तक तो हँसते-खेलते रह सकते हैं, चाहे ढोंग ही क्यों न हो!

हेमा : *(उसकी आँखें भर आती हैं)* अब मैंने क्या कहा? मैं नहीं चाहती कि हम और फ़िज़ूलख़र्ची करें, बस! वह चेन सिडनी में कौन पहनेगा? बैंक वॉल्ट में पड़ा रहेगा। व्हॉट अ वेस्ट इट वुड बी!

माँ : पड़ा रहने दो, किसी का कुछ नहीं बिगड़ेगा। तुम्हारे पति को नहीं चाहिए तो न सही। कल को तुम्हारा बेटा चाहे, शायद...। शादी मतलब ख़र्चा, उससे बचना किसी के बस में नहीं।

[हेमा जवाब नहीं देती। होंठ चबाती है। माँ यह देखकर आपे से बाहर हो जाती है]

देखो, पन्द्रह साल बीत चुके हैं। पुरानी बातों को फिर से क्यों उखाड़ रही हो?

हेमा : मैं उखाड़ रही हूँ? *(विदुला से)* देखा...इसीलिए मुझे अपने कमरे में रहना अच्छा लगता है। चुपचाप। अकेले।

माँ : कह तो रही थी मैं कि क़र्ज़ा ले लेंगे—किसी तरह कोई इन्तज़ाम कर लेंगे...थोड़ा सा वक़्त दो। पर तुम तो तीन महीने भी नहीं रुक सकीं। शादी करके एक बार उड़ जो जाना था! भगवान जाने, कैसा उतावलापन था वो!

हेमा : उतावलापन? बैंक...उसके लिए रुकी रहती क्या? वो भी तीन महीने?

माँ : रोहित तब कॉलेज में था, विदुला स्कूल में, तुम समझती हो इतनी बड़ी शादी रचाना हमारे बस की बात थी?

हेमा : बड़ी शादी? किसने की थी बड़ी शादी की माँग?

पिताजी : *(मानो नींद से अचानक आँख खुली हो)* अब क्या हुआ? किस बात पे बहस हो रही है?

विदुला : अम्मा, हेमक्का...प्लीज़—

हेमा : *(बग़ैर आवाज़ चढ़ाए)* बड़ी शादी! मेरा बेचारा पति—उसने क्या कहा...सिर्फ़ यही न कि अग्नि के सामने सप्तपदी हो...बस! वह उतने से ही ख़ुश हो जाता। बस उसके कहने की देर थी, और आपने उसकी बात बिलकुल नहीं टाली। अजी, नेकी और पूछ-पूछ? हुँह! अगर उसने ज़िद की होती तो आप कोई कसर बाक़ी छोड़ते? शादी तो धूमधाम से ही कराते न?

माँ : हेमा, तुम गवाह थी। तुमने देखा था कितनी विनती की थी तुम्हारे पिताजी से। मैं उनके पाँव छूने को तैयार थी। मैंने कहा भी बेटी-जमाई परदेस जा रहे हैं, कुछ ज़ेवर बनवा लें। पर इन्होंने कभी मेरी सुनी है? मुझपे गुर्राए : जमाई ने कुछ माँगा नहीं है तो तुम किसलिए उछल रही हो?

हेमा : लो, इसे कहते हैं सोने पे सुहागा!

पिताजी : देखो, मैं ग़रीबी में पला-बढ़ा हूँ। मेरा भाई रामदास और मैं...एड़ी-चोटी का पसीना एक किया है हमने। कई एक बार खाने के लिए केवल एक कटोरी लपसी होती, बस...बाँट के खाते। अकसर सारे दिन में वह एक कटोरी, बस। दर-दर भटकते, कभी इस रिश्तेदार के यहाँ तो कभी उस रिश्तेदार के यहाँ...। कहीं कोई दो दाने ही खिला दे। हमारे सारस्वत एजूकेशन सोसायटी से स्कॉलरशिप न मिलती तो...।

हाँ-जी-हाँ। हम ये सब जानते हैं एक-एक शब्द हज़ार बार सुन चुके हैं।

पिताजी : *(ग़ुस्से से उठ खड़े होते हैं)* मुझे मुँह खोलना ही नहीं चाहिए। यही तो मेरी ग़लती है। मैं अन्दर ही भला!

[अन्दर जाते हैं]

विदुला : अश्विन ने भी किसी चीज़ की माँग नहीं की। बेचारा! कहता है सीधा-सादा रजिस्ट्रेशन काफ़ी है। माँ राज़ी हो जाए तो बस...

माँ : उसे इन बातों की क्या समझ! वह यू.एस. में रहता है। उसने तय कर लिया कि यह उसके लिए ठीक है। पर मैं अड़ोस-पड़ोस की शादियों में शामिल हुई हूँ...ख़ूब ख़ातिरदारी की है उन्होंने...दावतों पे बुलाया...और मैं गई भी...खाया भी ख़ूब! और अब, जबकि मेरी अपनी बेटी की शादी होने जा रही है, तुम चाहती हो कि मैं आए मेहमानों के हाथों में पान-सुपारी थमाकर उन्हें चलता कर दूँ।

हेमा : *(अपनी घड़ी देखती है)* अभी पाँच नहीं बजे, स्कूल से अभी लौटे नहीं होंगे।

माँ : तुम साड़ियों का कुछ तय करो तो अच्छा। मुझे और काम भी है...*(रसोईघर की ओर जाती है)*

विदुला : अम्मा! लो...कर लो बात! अब दो घंटे से पहले रसोईघर से नहीं निकलेंगी, साड़ियाँ चुनना हो चुका समझो!

हेमा : *(अब भी अपनी ही चिन्ता में)* आधे घंटे बाद ठीक रहेगा—स्कूल से लौट चुके होंगे।

विदुला : ये क्या हेमक्का? उन पर कब तक नज़र रखोगी? बेचारे जीजू इतने अच्छे पिता हैं! कितना ख़याल रखते हैं बच्चों का! उन्हें चैन से रहने क्यों नहीं देतीं?

हेमा : तुम्हारे जीजू इतने भुलक्कड़ हैं—ख़ासकर बच्चों के मामले में...जहाँ तक बैंक के मामलों का सवाल है—नो प्रॉब्लम ऐट ऑल!

विदुला : पर वे तो चीफ़ कॉमर्शियल ऑफ़िसर हैं! वाऊ! तुम नहीं जानती हम सबको उन पर कितना अभिमान है! मैंने परसों अश्विन को बताया तो कहने लगा—हम भारतीय पूरी कॉमर्शियल दुनिया पर छा जाने वाले हैं। आजकल ज़्यादातर मल्टीनेशनल्स, इंटरनेशनल बैंक्स,

कॉरपोरेशंस...इन सबके टॉप पोज़ीशंस में हमारे ही लोग हैं...इंडियंस!

हेमा : और तुम जानती हो क्यों? क्योंकि सारे के सारे ट्रांसफ़रेबल जॉब्स हैं...और गोरी मेम पति के पीछे-पीछे यहाँ से वहाँ, वहाँ से यहाँ जाने को राज़ी नहीं। हम, भारत की नारियाँ, पति की सेवा करने, सती सावित्री की तरह, अपने पति के पीछे-पीछे, मुंडी नीचे किए कहीं भी चली जाती हैं। मुझे देखो—मेलबोर्न, जोहान्सबर्ग, सिंगापुर और अब सिडनी। तो ताज्जुब की कोई बात नहीं कि हमारे मर्दों को सारे टॉप जॉब्स मिल जाते हैं। एक बात बताऊँ, मेरी हालत माँ की हालत से बेहतर नहीं।

[विवान, तेरह साल का लड़का, किताब लिये आता है]

विदुला : हेलो, विवान! कम इन।

विवान : आपकी किताब लौटाने आया। हेलो हेमा आंटी!

हेमा : आय एम सॉरी...पर तुम... ?

विदुला : ये विवान है—चन्द्रिका कैकिनी का बेटा।

हेमा : गौश! कितने बड़े हो गए हो! मैं तुम्हें कभी पहचान ही नहीं पाती। *(विदुला से)* यह मेरे केतन से दो साल छोटा है। और क़द तो देखो इसका! तुम इतने से थे जब मैंने तुम्हें पिछली बार देखा। सच्ची! तुम शादी में आ रहे हो न?

विदुला : वे शादी की तारीख़ तो जानते हैं न? मैं बिलकुल नहीं जानती।

हेमा : शटअप।

विवान : ऑफ़कोर्स...जानते हैं।

[टेलीफ़ोन बजता है, विदुला उठाती है]

विदुला : हाँ...हेलो...हाँ...इट्स मी।

विवान : मैंने कल किताब ली थी। वापस देने आया हूँ। *(उसे किताब देता है—विराम)* मैंने आपको कल देखा था।

हेमा : मदाम बौवरी! ओह डीयर! क्या तुम्हें इस उम्र में ऐसी किताबें पढ़नी चाहिए? आर यू श्योर?

विदुला : *(फ़ोन पर)* मैं नहीं पहन सकती। बहुत लम्बा है—कोई दो इंच। हाँ, बिलकुल। आपको लम्बाई कम करनी पड़ेगी। नहीं तो साड़ी के नीचे नज़र आएगा न? नहीं, नहीं—मैं खोंस नहीं सकती और मैं नहीं खोंसूँगी। आपने नाप ठीक से लिया क्यों नहीं?

[निम्नलिखित संवाद विदुला के फ़ोन पर किए जानेवाले संवाद के साथ-साथ होता है]

विवान : मैं अपनी क्लास में फर्स्ट आता हूँ।

हेमा : आय एम श्योर! पर तुम्हें तीन-चार साल और रुकना चाहिए। मेरा केतन तुमसे बड़ा है। उसे तो यह सब कभी पढ़ने नहीं देती।

विवान : मैंने लेडी चैटरलीज़ लवर भी पढ़ ली है।

हेमा : *(पानी-पानी होते हुए)* तुम्हें शर्म आनी चाहिए।

विवान : आपके लिए एक चिट्ठी है।

हेमा : चिट्ठी! कहाँ?

विवान : किताब में।

विदुला : *(फ़ोन पर)* और ब्लाउज़? मेरा मतलब है—आख़िर आप ऐसे कैसे? बायाँ कन्धा इतना कसा हुआ है कि मैं बटन ही नहीं लगा पाई!

हेमा : मेरे लिए चिट्ठी? इस किताब में?

[चिट्ठी निकालकर उस पर क्षणिक दृष्टि डालती है]

विवान : मैंने आपको कल देखा था। तुरन्त बैठकर लैपटॉप पर टाइप कर दिया। बहुत ही पर्सनल है।

हेमा : *(चिट्ठी, ज़्यादा दिलचस्पी के बिना, पढ़ती है)* पर्सनल! अजीब बात है! *(अचानक उसकी आँखें हैरत से चौड़ी हो जाती हैं)* ओह गॉड!

[विवान जानबूझकर पीठ फेरता है, जाकर शेल्फ़ पर से एक और किताब उठाता है]

विदुला : *(फ़ोन पर)* आप कल सुबह आइए, प्लीज़। जी, साढ़े दस बजे, प्लीज़। और भगवान के लिए मुझसे इन्तज़ार मत करवाइए। मुझे इंटरनेट कैफ़े जाना है, इससे पहले कि वहाँ भीड़ जम जाए।

[विवान किताब उठाकर हेमा की ओर जाता है]

हेमा : *(अब भी चिट्ठी से बिलकुल हैरान)* पर...लेकिन...माय गॉड! ये तो...तुम ऐसा नहीं...

विवान : *(उसे किताब दिखाते हुए)* मैं यह कल तक पढ़ लूँगा। *(एक और चिट्ठी निकालता है)* तब तक यह लीजिए, एक और। यह और भी पर्सनल है। *(दूसरी चिट्ठी सोफ़े पर रख देता है)*

हेमा : यह तो...तुम ऐसा नहीं...ओह गॉड!

[विवान अपनी किताब लेकर बाहर जाता है। हेमा हैरान, अब भी पहली चिट्ठी से चिपकी हुई है और दूसरी चिट्ठी उसने देखी तक नहीं है।]

विदुला : आपने फ़ॉल लगा लिया? प्लीज़, इस्माइल मियाँ, आप हर चीज़ में इस तरह देर नहीं कर सकते। मेरी शादी

की तारीख़..., हाँ, जानती हूँ कि आप जानते हैं। तो आप जल्दी क्यों नहीं करते? प्लीज़!

[रिसीवर रखती है। हेमा जल्दी से चिट्ठी को मोड़कर अपने ब्लाउज़ में खोंस लेती है]

गॉड! ऐसा ग़ुस्सा दिलाता है यह आदमी! कभी वक़्त पे कुछ देता नहीं—देता भी है, तो सही नहीं होता! बड़े इस्माइल मियाँ इतने अच्छे दर्ज़ी थे। उन्हीं की वजह से इस गधे से भी निभा रही हूँ।

[वह सोफ़ा पर ढहने को है कि उसे विवान की दूसरी चिट्ठी नज़र आती है। चिट्ठी उठाती है— फ़ोन बजता है।

जब वह फ़ोन पर बात कर रही होती है, हेमा उसके हाथ में चिट्ठी देख लेती है। हेमा सहम जाती है मानो उसे साँप सूँघ गया हो]

हेलो...आह इज़बेल! नहीं, अब तक नहीं, मुझे डर है। अब किसी भी वक़्त आ सकता है...शायद आधे घंटे में? उसे बता दूँगी, तुमने कॉल किया था।

[रिसीवर रखती है, सहज चिट्ठी खोलकर पढ़ने लगती है]

'डार्लिंग, तुम नहीं जानती मैं कितना तरसता हूँ कि तुम्हें कसकर अपनी बाँहों में भर लूँ...'

हेमा : *(उसके हाथों से चिट्ठी छीनते हुए)* मत...

विदुला : सॉरी, क्या वह चिट्ठी तुम्हारी है? तुम दोनों तो...भई वाह! अगली लाइन पढ़ने से ख़ुद को रोका नहीं गया। वह चाहता है कि तुम्हें...

हेमा : शटअप!

विदुला : शादी के पन्द्रह साल बाद तुम्हें जीजू से ऐसी चिट्ठियाँ मिलती हैं! मेरे मंगेतर ने तो मुझे अब तक! चिट्ठी में भी नहीं चूमा...

हेमा : मुझे सिडनी फ़ोन करना ही होगा।

[मोबाइल पर डायल करने लगती है।]

विदुला : हाँ, क्यों नहीं? जीजू की चिट्ठियों का ज़बर्दस्त असर होता है तुम पर।

हेमा : नहीं-नहीं, ये तो...*(सुनती है)* घंटी तो बज रही है। केतन अब तक घर पर क्यों नहीं है? वह ठीक-ठाक हो बस।

विदुला : वह ठीक क्यों नहीं होगा? केतन अब काफ़ी बड़ा हो गया है—इस विवान से भी बड़ा।

हेमा : उसी का तो डर है!

[राधाबाई रसोईघर में एकदम से चिल्लाने लगती है। पहले पहल माँ अपनी आवाज़ पर क़ाबू रखती है, पर ज्यों-ज्यों उसका पारा चढ़ता है, आवाज़ भी चढ़ती जाती है और जल्द ही दोनों की तू-तू, मैं-मैं ऊँचे सुर में शुरू हो जाती है।]

राधाबाई : मेरे कानों को कुछ भी नहीं हुआ, माँ, मैंने आपको सुना। पर आपको क्या दिखाई नहीं देता कि ये त्रिफला के दाने कितने छोटे हैं? दस साल की उम्र से खाना पका रही हूँ। तुम्हें क्या लगता है, नाप-तौल का मुझे अन्दाज़ नहीं?

माँ : जानती हूँ, खाना पकाने में कितनी माहिर हो, शेख़ी बघारने की कोई ज़रूरत नहीं! मेरे पास वक़्त नहीं है। मैंने कितनी बार ठोककर समझाया है, मसाला डालने से पहले मुझे दिखाओ कितना है। पर दिखाने से तुम्हारी

औकात घट जाएगी न, क्यों? ...कुछ ज़्यादा ही घमंडी हो सच में!...

हेमा : फिर से! यह आज तीसरी बार है।

विदुला : हमें तो आदत हो गई।

राधाबाई : तो खाना पकाने की ज़िम्मेदारी तुम अपने हाथ क्यों नहीं लेती माँ? मुझे खाना पकाने के लिए रखा है पर हर छोटी से छोटी चीज़ मुझे बताएँगी, जैसे मैं कोई उल्लू हूँ! *(नक़ल करती हुई)* इतना छौंक, इतना नमक, इतनी मिर्ची! मैं क्या अँगूठा चूसती बच्ची हूँ?

विदुला : मुझे रसोईघर में दाँत का पसीना बहाना पड़े, तो तुम्हारी क्या ज़रूरत? जाओ, जाकर उस कोने में बैठो। मैं तुम्हारा काम करूँ और तुम तनख़्वाह बाक़ायदा लेती रहो!

राधाबाई : हाँ-हाँ, *(ज़ोर-ज़ोर से)* बिलकुल वही करूँगी। पता नहीं, किस जनम का बैर है कि अब भुगत रही हूँ। करम फूटे और मेरे पति को उठा ले गया वह ऊपरवाला। उसे भी मुझ पर कोई दया नहीं। इसलिए तुम्हारे घर में जीना पड़ रहा है, तुम्हारी डाँट-फटकार खाकर। मन मसोसकर रहती हूँ, करूँ क्या?

[यह झगड़ा निम्नलिखित संवाद के साथ-साथ चलता है]

हेमा : यह नया अवतार है क्या, विदु? वह ऐसी तो कभी नहीं थी! मुझे पता है माँ की नाक पर ग़ुस्सा चढ़ा रहता है। पर राधाबाई! कितनी चुपचाप सी रहती थी, ढंग से बात करती थी।

विदुला : छह महीने से यही हाल है।

माँ : देखो, तुम इस तरह चीख़ने-चिल्लाने वाली हो, तो अपना बोरिया-बिस्तर बाँधो और जाओ अपने भाई के घर। जाओ। मैं तुम्हारे टिकट का इन्तज़ाम कर दूँगी।

राधाबाई : मैं वहाँ जाकर क्या करूँगी? जो चार पैसे बचाएँ हैं मैंने, सब उसी की जेब में जाएँगे, फिर मुझे बाहर फेंक देगा। इससे अच्छा तो मैं यहीं तुम्हारे पाँव पूजती हुई एक कोने में पड़ी रहूँ, तुम्हारी खट्टी-कड़वी सुन के, जी काटकर रह लूँगी। पड़ी-पड़ी मर जाऊँगी।

हेमा : माँ को हो क्या गया है! पागल हो गई है क्या? राधाबाई को भेज देने की धमकी देना—वो भी शादी के एक हफ़्ते पहले! एक त्रिफला के दाने पर इतना...

विदुला : कुछ नहीं होगा, फ़िक्र मत करो। माँ राधाबाई को नहीं भगाएगी और न ही राधाबाई जाएगी। हाँ, रोज़-रोज़ की किचकिच चलती रहेगी, सो चलती रहेगी।

हेमा : सो सरप्राइज़िंग! मेरा मतलब है, इन सात सालों में मैंने कभी उसे सुर ऊँचा करते नहीं सुना। मैं हमेशा चन्द्रकान्त से कहती रहती हूँ, काश, मुझे भी सिडनी में ऐसी कोई राधाबाई मिल जाती! और इस साल अचानक पाती हूँ कि वह जाहिल की तरह चीख़ रही है, सिर फोड़ रही है। हो क्या गया है?

माँ : चीख़ना-चिल्लाना बन्द करोगी, राधाबाई? तमाशा बना रखा है। बहुत हो गया। नहीं, बस तुम चली जाओ तो अच्छा। चलो, जाओ।

राधाबाई : तुम मुझ पर चिल्ला सकती हो और मैं सीधे मुँह बोल भी नहीं सकती! हाँ, आप ठहरीं मालकिन और मैं एक मामूली खाना पकानेवाली...फूटे करम मेरे, तो दोष तुम्हें क्यों दूँ!

[हेमा रसोईघर की ओर दौड़ती है।]

हेमा : बस माँ! राधाबाई, बस करो। बहुत हो गया।

राधाबाई : मैंने क्या किया हेमा? क्या कहा मैंने? *(हेमा जैसे उसे घसीटकर पिछवाड़े में ले जाती है उसे चले जाने को*

कहती रहती हैं।) चली जाऊँ, पर कहाँ? अब इस उम्र में एक घर से दूसरे घर नौकरी की भीख माँगते तो नहीं घूम सकती न?

हेमा : कोई तुम्हें जाने के लिए नहीं कह रहा है। अभी जाओ पिछवाड़े में और दिमाग़ ठंडा कर लो ज़रा। जाओ।

राधाबाई : अब मेरे लिए वही एक बाक़ी है। सिर पर पान लगाकर बैठूँ कटहल के पेड़ की छाँव में और माला जपूँ।

हेमा : ठीक है, बैठ जाओ वहीं...कोई बात नहीं।

राधाबाई : एक बात बता दूँ, मेरे लिए तुम्हारी माँ देवी है। सर पर छत दी है मुझे। जब मैं बीमार पड़ी, रात भर मेरे सिरहाने बैठी रही। पर तकलीफ़ भी कम नहीं दी है मुझे उसने। हाँ, यह भी कहूँगी ज़रूर। और मैं पिछवाड़े में नहीं बैठ सकती। खाना लगभग पक चुका है।

[राधाबाई रसोईघर की ओर जाने लगती है कि माँ बाहर आती है]

माँ : तो मैंने तुम्हें तकलीफ़ दी है, क्यों? क्या बिगाड़ा है मैंने तुम्हारा? और कौन कहता है तुमसे जी को मार के यहाँ रहने को?

हेमा : *(माँ को खींचकर लिविंग रूम में ले जाकर सोफ़े पर पटक देती है)* माँ...प्लीज़!

माँ : मैं और नहीं सह सकती। अब एक ही रास्ता है...

विदुला : *(खिलखिलाती हुई)* जी...उसे घर भेज दो।

माँ : तुम्हें मज़ाक़ सूझ रहा है! जीना हराम कर देती है मेरा!

हेमा : माँ...ये सब क्या है? बिलकुल नया...क्या हो गया आख़िर?...ये चीख़ना-चिल्लाना। मैंने उसे ऐसा कुछ करते पहले तो कभी नहीं देखा!

माँ : सब उस टेलीविज़न का नतीजा है। अब जाकर रहे गाँव में अपने भाई के पास, उसके लिए अच्छा रहेगा। वहाँ टेलीविज़न नहीं है।

हेमा : शादी को एक हफ़्ता रह गया है, माँ...

विदुला : ये तो हमें लगता है न?

माँ : हमें उसकी ज़रूरत नहीं है। मैं सँभाल लूँगी। वैसे भी मैंने ब्राह्मण रसोइए का इन्तज़ाम कर लिया है। उसके लिए करने को क्या बचेगा?

हेमा : अचानक यूँ आपा खोना। बार बार। उसकी तबीयत ठीक है? शायद उसे सायकेट्रिस्ट से मिल लेना चाहिए।

माँ : बड़ा शौकीनी इलाज सोचा है, वाह! कोई ज़रूरत नहीं। तुम लोगों ने तारीफ़ कर-करके आसमान पर बिठा रखा है उसे। 'कितनी अच्छी हो! कितना बढ़िया खाना पकाती हो! माँ कितनी ख़ुशनसीब है!'...सिर पर चढ़ा रखा है उसे। मुझे लगता है मुझे ही चले जाना चाहिए—कहीं दूर—जहाँ सकून मिले।

[माँ उठकर रसोईघर की तरफ़ जाती है]

विदुला : और ये भी अब रसोईघर जाएँगी।

माँ : हाँ, वहाँ करने को अभी बहुत-कुछ बाक़ी है। मैं ऐसे ही बैठी नहीं रह सकती। रसोईदारिनों की यही तो झंझट है। इसके आने से पहले हमारे यहाँ नागप्पा था। तीस साल काम किया उसने हमारे यहाँ। पर कभी एक बार भी उसने आवाज़ नहीं ऊपर की। ऐसा नरमदिल इनसान! पर आजकल रसोइए मिलते नहीं। यही तो मुसीबत है।

[रसोईघर में बोलती हुई जाती है। विराम]

विदुला : सच है, नागप्पा ने कभी आवाज़ नहीं उठाई। अपना काफ़ी दम घाघरे उठाने में जो लगाता था!

हेमा : क्या? *(चौंककर)*

विदुला : *(मुँह से निकली बात से कुछ परेशान-सी, कुछ शरमाई-सी)* वो क्या है कि...वह...अपना हाथ ऊपर...

हेमा : क्या कहा तुमने?
(हैरानी से एक-दूसरे की ओर देखती हैं और हँसने लगती हैं।) पर तुम तो? तुम तो इतनी छोटी-सी थीं। मैंने कभी नहीं सोचा...

विदुला : *(कन्धे ऊँचे करती)* अजीब-अजीब जगह हाथ लगाता था। *(फिर हँसती है)*

हेमा : और हम तुम्हें उसके साथ घर पर इसलिए छोड़ जाते थे कि वह तुम्हारी देखभाल करता...तुम्हारी हिफ़ाज़त होती। दोग़ला कहीं का!

विदुला : पर तुम भी? तुम तो बड़ी थीं!

हेमा : बीवी को घर में छोड़ आते हैं। पर खुजली मचे तो उसे मिटाने के लिए कुछ-न-कुछ करना ही पड़ता है न?

विदुला : तब तो शायद रसोईदारिन रखना ही बेहतर है।

हेमा : मुझे पता लगाने का कभी मौक़ा नहीं मिला। शायद मुझे सिडनी फ़ोन कर देना चाहिए।

विदुला : आज सुबह ही तो तुमने जीजू से बात की है।

हेमा : *(ख़ुद का मज़ाक़ करते हुए)* तब से अब तक बहुत लम्बा दिन बीता है, माय डीयर!

[बाहर से मोटरबाइक की आवाज़]

विदुला : *(बड़ी उमंग से)* रोहित!

हेमा : मुझे लगता है—मैं फ़ोन बाद में करूँगी।

[मोबाइल नीचे रख देती है]

विदुला : उसके आने का वक़्त हो चुका है।

[माँ रसोईघर से निकलती है।]

माँ : लगता है, रोहित आया है!

रोहित : *(प्रवेश करते हुए)* ई-मेल!

हेमा : मेरे लिए भी कुछ?

विदुला : *(साथ-साथ)* किसके लिए?

रोहित : *(हेमा से)* तुम्हारे लिए और किसके लिए? मेरा मतलब है, जीजू तो वहाँ भगवान की तरह बैठे होंगे अपने चारों हाथों को काम में लगाए। एक हाथ में मोबाइल, दूसरे में कम्प्यूटर, तीसरे में फ़ोन और चौथे में एयरमेल चिट्ठियों की थप्पी—सब तुम्हारे लिए!

[हेमा को प्रिंटआउट देता है। उत्सुकता से उन पर नज़र डालती है]

माँ : ख़ुद यहाँ आता तो आसान होता!

हेमा : *(पढ़ते हुए)* आसान? किसके लिए?

माँ : उसके लिए, हमारे लिए। अच्छा होता अगर वह भी शादी में शामिल होता। तुम्हारे बच्चों को भारत का कुछ और देखने को मिलता। हम भी उन्हें कुछ और देख लेते...पर हमारी सुनता कौन है?

विदुला : वहाँ से कुछ भी नहीं...

[रोहित कुछ नहीं कहता। चुपचाप ई-मेल का प्रिंटआउट विदुला को देता है]

माँ : *(गड़बड़ महसूस करती हुई)* वो कहाँ से आया है?

रोहित : वो तेरह को तो नहीं आ सकता...सत्रह को पहुँच रहा है।

माँ : सत्रह को...ओहो! क्यों?

हेमा : *(जोश से)* ये तो बिलकुल बेतुकी बात हुई! हमें वक़्त ही नहीं मिलेगा। उन्हें भी वक़्त नहीं मिलेगा। मेरा मतलब है, एक हफ़्ता तो चाहिए कम से कम!

रोहित : यू.एस. की बैडमिंटन टीम ऑस्ट्रेलिया जा रही है। अश्विन उनका लीगल कंसल्टेंट है। वह उनके साथ चेन्नई तक सफ़र करेगा और वहाँ से धारवाड़ आएगा। वैसे उसे चेन्नई तक साथ-साथ सफ़र करने को मिलेगा।

माँ : पर ये...ऐसे...ऐसे कैसे हो सकता है? पहले से तय कर चुके थे। विदु से तो मिलना ही है। कुछ वक़्त बिताना है। और अगर वो एक-दूसरे को पसन्द करते हैं तो ही शादी होगी...नहीं तो नहीं होगी। मेरा मतलब है, ऐसा उसी ने कहा था। अगर वह ख़ुद देर से आए, तो ये सब कब होगा? और फिर इन्वीटेशंस छापने हैं, रिश्तेदारों को बुलाना है। उनको भी तो वक़्त चाहिए—टिकटें बुक करने के लिए, सफ़र के लिए...सचमुच! मुझे ये सब बिलकुल...

विदुला : उसने पहले ही बता दिया है कि उसे वो सब नहीं चाहिए। कोई रसम नहीं। कोई फ़जूल तमाशा नहीं। कुछ नहीं। अगर वह और विदुला एक-दूसरे को पसन्द करते हैं, तो दोनों रजिस्ट्रार के ऑफ़िस जाएँगे और साइन करेंगे। अगर नहीं तो हाथ मिलाकर एक-दूसरे की इजाज़त लेंगे—टाटा बाय-बाय। वो मलेशिया चला जाएगा...अपने बैडमिंटन टीम के साथ एक हो लेगा।

माँ : *(ग़ुस्से से)* फिर हफ़्ता पहले आने की भी क्या ज़रूरत है? शादी की सुबह ही पहुँचता? बता दो उसे। वीडियो पर देख ही लिया है, मोबाइल पर बात कर ली है...क्या ये काफ़ी नहीं? पहले मिलने की ज़रूरत ही क्या है? सीधे रजिस्ट्रार के ऑफ़िस में ही मिल ले।

[पिताजी अन्दर आकर सुनने लगते हैं। ध्यान से सुनते हैं पर कुछ कहते नहीं]

रोहित : मैंने सारे रिश्तेदारों को बता दिया है कि शादी तो होगी। नाइनटी नाइन परसेंट! न होने का कोई कारण नहीं। विदु और वह जैसे ही इशारा करेंगे, हम सबको ई-मेल से बता देंगे फ़ौरन!

हेमा : माय गॉड रोहित! ये ट्वेंटी फ़र्स्ट सेंचुरी है। और हम अपने आपको पढ़ा-लिखा मानते हैं। हमने उनकी इतनी

ऊटपटाँग बात यूँ कैसे मान ली? ऐसा कुछ तय करने से पहले तुमने मुझे एक फ़ोन तक नहीं किया। सब कुछ तय करने के बाद बताया मुझे। जैसे मैं कोई परायी हूँ। पता होता तो, तभी मना कर देती...

रोहित : अब मियाँ-बीवी राज़ी, तो क्या करेगा क़ाज़ी! वो भी वीडियो और मोबाइल पे—और उसके मुताबिक़ अभी तक कुछ भी पक्का नहीं है।

माँ : ना। मैं बताऊँ। सब रद्द कर दो। बता दो उसे—अभी, फ़ौरन। हमारी विदु को सौ लड़के मिल जाएँगे, उससे अच्छे। उनसे हम दूल्हा भीख में नहीं माँग रहे थे। उन्होंने हमारी विदु का हाथ माँगा। पहल तो उन्होंने ही की थी। और अब ऐन मौक़े पर...

रोहित : माँ, ज़रा समझदारी से काम लें...

माँ : सोचता है हमारे पास और कोई रास्ता नहीं? चार लोगों में नाक कटवा दी हमारी? कह दो उसे, हमें ये सब मंज़ूर नहीं।

विदुला : नहीं, हम ऐसा नहीं कर सकते। लोग क्या कहेंगे? सारे शहर में मज़ाक़ उड़ाएँगे लोग हमारा। हमें ये सब मंज़ूर था और हमने हाँ भी की थी—अब बिलावजह ना कैसे कर दें? मुझसे नहीं होगा।

पिताजी : बिलावजह? शादी से पहले मैं तुम्हारी माँ से सिर्फ़ छह बार मिला था। पर कम-से-कम हम...

हेमा : रोहित, तुम अश्विन से फ़ोन पर बात करो और उसे जल्दी आने के लिए कैसे ही राज़ी करो।

रोहित : परसों ही मेरी बात हुई थी उससे...लांग चैट...उसने यहाँ तेरह तारीख़ को पहुँचने का वादा किया था। कहा उसने फ़्लाइट की बुकिंग भी कर ली थी। बैडमिंटन... मलेशिया की बात तक नहीं छेड़ी। हर ई-मेल के बाद मैं उसे फ़ोन नहीं कर सकता।

[माँ अपने आँसू पोंछती है]

हेमा : ठीक है। चलो, इन्वीटेशन काड्र्स तो छपवा लें। आज-कल आधे घंटे में हो जाता है।

पिताजी : शादी के हॉल के लिए तगड़ा एडवांस दिया है।

रोहित : डरने की कोई बात नहीं अप्पा—वो कहीं नहीं जाएगा।

विदुला : क्या हमें सिर्फ़ इन बातों की फ़िक्र लगी है। यहाँ मेरी नींद उड़ गई है और आप सब काड्र्स और हॉल को लेकर परेशान हैं। रात को...आधी-आधी रात को नींद टूटती है, काँपती हुई उठ बैठती हूँ। मेरी आँत में जैसे बर्फ़ का पानी उँड़ेल दिया हो!

हेमा : समझती हूँ...इट मस्ट बी ड्रेडफुल। पर दो दिन तो देखो उसके साथ, फिर तुम्हें ज़रा-सा भी शक लगे तो...

विदुला : दो दिन? तुमने और जीजू ने तो दो साल लिये थे एक-दूसरे को जानने के लिए।

हेमा : उससे कोई फ़र्क़ नहीं पड़ा था। लेट मी टेल यू। शादी से एक दिन पहले पेट बिगड़ गया। ठीक होने का नाम नहीं। चन्द्रकान्त के कन्धे पर सिर रखकर ख़ूब रोई कि शादी की तारीख़ दस्त बन्द होने तक आगे बढ़ा दें...

रोहित : वो माने क्या?

माँ : तारीख़ आगे बढ़ाने के लिए? हाह! पहली बेटी, दसवाँ महीना क्या लगा ठीक उसी दिन पैदा हो गई थी। जानते नहीं?

हेमा : बस माँ। हम यहाँ अपनी शादी के बारे में बात नहीं कर रहे।

[माँ रसोईघर में चली जाती है।]

पिताजी : कुछ भी कह लो—शादी जुए के खेल जैसी है।

रोहित : तुमने अपने बर्थ सर्टिफिकेट के लिए अप्लाई किया या नहीं?

विदुला : सॉरी, भूल गई—कल।

रोहित : कल-कल। तुम्हारा कल कब आएगा? हर रोज़ सुबह तुम म्युनिसिपल कॉरपोरेशन के बग़ल के इंटरनेट कैफ़े में घंटों गुज़ार लेती हो। वहीं एक क़दम अन्दर जाकर अप्लीकेशन नहीं दे सकतीं?

विदुला : *(शर्म से झुकती, मुँह छुपाती)* जाऊँगी, दे दूँगी—प्रॉमिस।

रोहित : घूस खिलानी पड़े शायद! बर्थ सर्टिफिकेट होना ही चाहिए। फिर बंगलौर जाओ, पासपोर्ट के लिए अप्लाई करो, फिर चेन्नई जाकर वीसा लो। ये सब कब होगा? और पहला क़दम तो तुम बढ़ाओगी नहीं!

विदुला : *(सकुचकर)* बढ़ाऊँगी...जाऊँगी...पर इतना मुश्किल है ये सब जब कि मुझे कुछ भी पता नहीं...

पिताजी : रामदास ज़िन्दा होता तो सारा इन्तज़ाम कर देता। चुटकी में कितना कुछ कर लेता था!

रोहित : तुम लोगों ने अपनी तस्वीरें खिंचवाई हैं कि नहीं? तस्वीर पासपोर्ट में दिए गए डिटेल्स से मिलनी चाहिए।

विदुला : मैंने कुछ खिंचवाए तो थे, पर ठीक नहीं आए तो मैंने फाड़ दिए।

रोहित : वे सिर्फ़ अमेरिकन कॉनसुलेट के लिए हैं। उनसे अश्विन की हाँ या न को कोई फ़र्क़ नहीं पड़ेगा।

हेमा : ओह, चुप रहो। आज शाम को जब शॉपिंग जाएँगे मैं करवा लूँगी।

रोहित : और उसे उस इंटरनेट कैफ़े में घुसने मत देना...ढूँढ़ नहीं पाओगी! गुड लक!

हेमा : उसे परेशान करना बन्द करोगे! *(विदुला से)* उस इंटरनेट कैफ़े में तुम क्या करती हो?

विदुला : धार्मिक आख्यान सुनती हूँ।

रोहित : मुझसे पूछो—वीडियो गेम्स खेलती है...गेम्स के पीछे पागल है ये!

विदुला : कुछ घंटों के लिए शादी के बारे में सोचने से राहत जो मिलती है।

रोहित : ओ बहन जी, शादी आपकी है, मेरी नहीं। मुझे क्या पड़ी है!

हेमा : उसने कहा न वह कल अप्लाई करेगी। नहीं तो मैं चली जाऊँगी उसके साथ।

[माँ जल्दी में बाहर आती है।]

विदुला : अइयो, तुमने शॉपिंग की बात छेड़ी और मुझे एकदम से याद आया। मैं बिलकुल भूल ही गई थी। मिस्टर और मिसेज़ हत्तंगडी रोहित को देखने आ रहे हैं।

हेमा : आज शाम को? क्यों? हमें सताने के लिए उन्होंने तो हर शनिवार की सुबह रिज़र्व कर रखी है।

माँ : सुना है सीरूर, हैदराबाद से आए हैं।

रोहित : नहीं, मुझसे नहीं होगा। बिलकुल नहीं। मुझे अश्विन अंकल से मिलना है आज शाम को...। वो मैं मिस नहीं कर सकता। अब अंकल से नहीं मिलना नामुमकिन है। हत्तंगडियों से आप मिल लीजिए।

हेमा : नामुमकिन! रायकर सुनार ने बेलगाँव से ख़ास ज़ेवरात मँगवाए हैं हमें दिखाने के लिए। और वो सब उन्हें आज रात लौटाने ही पड़ेंगे।

रोहित : तो, पिताजी उनसे मिल लें!

माँ : देखो, जब कोई ये कहे कि हम आपसे मिलने आ रहे हैं तो ना नहीं कह सकते—वो भी जब वे इतनी दूर, हैदराबाद, से आ रहे हैं।

रोहित : माँ, पता है, वो यहाँ क्यों आए हैं?

माँ : उन्हें पाँच मिनट के लिए मिल लो, बस!

पिताजी : ये उनकी अच्छाई है कि वे मुझसे मिलने हैदराबाद से आ रहे हैं।

माँ : मैं नहीं चाहती कि उन्हें लगे कि हम नकचढ़े बन गए हैं। *(अन्दर जाती है।)*

रोहित : और पाँच मिनट के बाद मैं क्या करूँ? घड़ी देखूँ और कहूँ सॉरी, पाँच मिनट हो गए हैं—टाइम आउट... चलिए, निकलिए? हत्तंगडी ठहरे चिपकू—वे हिलेंगे नहीं!

विदुला : *(जैसे बदला ले रही हो)* वे तपस्या को भी साथ ले आए हैं।

रोहित : यक़ीन नहीं होता! वो भी अब जब कि हम अपने ही चक्कर में फँसे हैं।

हेमा : *(फ़ोन नम्बर डायल करती हुई)* मैं रोहित से बिलकुल सहमत हूँ—हम इंडियंस को न वक़्त का लिहाज़ है, न मौक़े का!

विदुला : मैं तुम्हें बताना भूल गई रोहित। इज़बेल ने फ़ोन किया था। चाहती है कि तुम उसे वापस फ़ोन करो।

रोहित : मेरा तो सर घूम रहा है। बाद में फ़ोन करूँगा। आधे घंटे के लिए सोने जा रहा हूँ।

[अपने कमरे में तेज़ी से जाता है।]

हेमा : ये इज़बेल कौन है?

विदुला : उसकी गर्लफ्रेंड।

हेमा : क्रिश्चियन?

विदुला : इज़बेल नाम हो तो और क्या हो सकती है?

हेमा : वीअर्ड!

विदुला : उसने ये नई हरकत शुरू की है।

जब भी कोई मुसीबत हो, लेट जाता है बिस्तर पे झपकी लेने—कैटनैप्स।

(विराम) वाकई सो भी जाता है। लकी फेलो!

हेमा : *(फ़ोन पर)* हेलो, आह! केतन, यू आर ऐट होम! तुम्हारा दिन कैसा रहा, डार्लिंग? ...पर क्यों? मैंने

तुम्हारे पिताजी से कहा था...अब सुनो...तुम्हारे पिताजी क्या मेरी बात नहीं सुनते जब मैं...वो घर पर हैं ? नो, ऑफ़कोर्स नॉट, इमेल्डा को बुलाओ। हाँ, वह शायद मोबाइल पर अपने किसी ब्वॉयफ्रेंड के साथ बिज़ी है। हाँ, येस...कॉल हर, उससे कहो मैं फ़ोन पर हूँ।

[प्रकाश धीमा होता है, विदुला हेमा को अपने बेटे से बात करते हुए देखती है—वह उसे हसरत भरी नज़रों से देखती है।]

[दृश्य-2 समाप्त]

दृश्य-3

[लिविंग रूम, पिताजी, रोहित, वत्सला, गोपाल सीरूर, मोहन हत्तंगडी और मीरा हत्तंगडी।]

पिताजी : कितने? पन्द्रह साल, है न? हाँ, पन्द्रह साल। क्यों मिस्टर सीरूर? मेरी याददाश्त अगर...

गोपाल : मुझे मिस्टर बुलाने की ज़रूरत नहीं, डॉक्टर अंकल। मैं तो आपका भानजा हूँ...माँ के मायके वाले नाडकर्णी हैं।

वत्सला : आपकी बेटी हेमा की शादी तब होने ही वाली थी।

पिताजी : तो रामदास तब ज़िन्दा था?

गोपाल : हाँ बिलकुल। हमें साफ़-साफ़ याद है। इतने चुस्त...कभी उन्हें एक जगह बैठे नहीं देखा।

पिताजी : और क़ाबिल...बहुत ही क़ाबिल। और स्नेही। अ जीनियस। हमारे परिवार में एक ही जीनियस था... रामदास। हाथों में हुनर था उसके, भगवान का दिया। चाहता तो रवि वर्मा के टक्कर का पेंटर हो सकता था। लेकिन वह अमीर बनना चाहता था। कामयाब कारोबार चलाना चाहता था...जिससे रातोरात अमीर बन सके— अ रिच सक्सेसफ़ुल बिज़नेसमैन।

रोहित : *(नम्रता से)* पिताजी—

पिताजी : दुकान खोला...आलू, प्याज़ वग़ैरह बेचता था—चला नहीं पाया तो रेस्टोरेंट खोल लिया, फिर बेकरी। फिर दर्ज़ी का दुकान भी। हमारी बिरादरी के लोगों को धन्धा

करना बिलकुल नहीं आता, पर वो क़तई इस बात को मानने के लिए तैयार नहीं था। हर बार इस डूबते को सहारा देनेवाला मैं ही एक था। पर उसकी याद बहुत आती है। उसके बग़ैर हेमा की शादी न जाने कैसे कर पाते! हर छोटी-से-छोटी चीज़ का ख़याल रखता था। पता नहीं उसके बग़ैर क्या होगा! कैसे होगा!

वत्सला : क्यों? रोहित है यहाँ? मुझे तो पूरा भरोसा है कि परेशानी की कोई बात नहीं। और सुना है ऑस्ट्रेलिया से हेमा भी आई है।

रोहित : पिताजी...

पिताजी : वो आई है... *(फिर अचानक औपचारिकता भरे स्वर में)* मगर मेरी पत्नी और दोनों बेटियों को खेद है कि वे ख़ुद आपका स्वागत करने के लिए यहाँ नहीं हैं। *(कुछ आराम से)* वे शॉपिंग करने गई हैं—*(एकदम ज़ोर-ज़ोर से हँसने लगते हैं।)* शॉपिंग! सच कहूँ तो शादी शॉपिंग के लिए अच्छा बहाना है। बाक़ी सब, जैसा आप जानते ही हैं, यूँ ही है। शॉपिंग के बग़ैर शादी कुछ भी नहीं!

मोहन : अजी, हमारे ज़माने में शादियाँ हफ़्ते-हफ़्ते भर चला करतीं। किसको क्या देना है, किसे क्या मिलेगा... तोहफ़ों का लेन-देन तय करने में ही कितने दिन निकल जाते थे!

पिताजी : पर हेमा के पति ने एक कौड़ी नहीं ली। और अब विदुला के लिए जो रिश्ता आया है...क्या नाम है लड़के का?

रोहित : अश्विन।

पिताजी : अश्विन। अश्विन पंजे। वह भी यही कहता है—डाउरी नहीं चाहिए...नो डाउरी! कौन कहता है आजकल के नौजवानों की नीयत बिगड़ गई है! अजी, उसूलों का ऐसा पक्का है ये—

सबसे पहले तो उसने यही कहा : नो थैंक्स! मुझे डाउरी नहीं चाहिए।

रोहित : अप्पा, वे आ गए हैं...

पिताजी : सॉरी-सॉरी! ऐसी बकबक बुढ़ापे से ज़्यादा सनकीपन का सबूत है।

मोहन : ओहो...प्लीज़—हम आपसे बात करने के लिए ही तो आए हैं...अपने आपको इस तरह मत रोकिए।

रोहित : तो फिर—मुझे इजाज़त दीजिए...मेरा एक अपॉइंटमेंट है।

गोपाल : सच कहूँ तो माफ़ी हमें माँगनी चाहिए। तुम्हारी बहन की शादी की तैयारियों के बीच हम लोग टपक पड़े। ...आप हमसे मिलने को राज़ी हुए, ये आपकी शराफ़त है।

वत्सला : और हम हैं कि आपको परेशान करने से बाज़ नहीं आते!

मोहन : वे हालात को समझते हैं अक्का। *(रोहित से, सीरूरों की ओर इशारा करते हुए)* जानते हो, रोहित, इनकी भी अपनी मजबूरियाँ हैं।

रोहित : मुद्दे की बात यह है कि अश्विन जब यहाँ होगा, वह अपने चाचा गोविन्द राव के साथ रहेगा। तो, मुझे उसके चाचा के साथ सारी बातें पक्की करनी हैं।

गोपाल : तुम्हें परेशान तो नहीं करना चाहिए रोहित...लेकिन...

मोहन : पर सोने जैसा मुहूरत है। हमें बताया गया कि कुछ भी हो जाए ये मुहूरत हाथ से निकलने न पाए। इस बात पर बहुत ज़ोर दिया उन्होंने।

[रोहित मुहूरत के शब्द से चौंककर आँखें उठाता है]

मीरा : उनका कहा हमारे लिए ब्रह्मवाक्य है।

रोहित : *(कुछ समझ न पाते हुए)* ब्रह्मवाक्य...मैं समझ नहीं पाया!

गोपाल : आपने बहुत ही सही कहा। तपस्या को अब हमारे साथ नहीं चलना चाहिए। आपने इस बात का ख़याल रखा, यही हमारे लिए काफ़ी है—बहुत अच्छा लगा...

रोहित : माफ़ कीजिए, मुझे पता तक नहीं था कि आप धारवाड़ आ रहे थे। हेमा ने बताया होगा।

गोपाल : पर मीरा जी बिलकुल सही हैं। मेरा मतलब है, हमारा यूँ, तपस्या के सामने, उसका भविष्य इस तरह तय करना...वह तो बहुत ही शरमा जाती।

वत्सला : *(मुस्कुराते हुए)* मैं आपसे बिलकुल सहमत नहीं हूँ। सच कहूँ तो आजकल की लड़कियाँ वैसी नहीं हैं, जैसे हम हुआ करती थीं—पच्चीस साल पहले। हम उसकी ज़िन्दगी के बारे में बातचीत कर रहे हैं...ऐसे में वह यहाँ मौजूद नहीं रह सकती—ये बात मेरे पल्ले नहीं पड़ती। बेचारी, वहाँ आस लगाए बैठी होगी कि कब हम फ़ोन करें और कहें कि सब कुछ ठीक-ठाक हो गया।

मोहन : नहीं, नहीं अक्का, जीजा जी कुछ और कह रहे हैं। बस विदुला की शादी हो जाए, रोहित को राहत मिलेगी—फिर उन्हें मिलने की, गप्पें लड़ाने की फ़ुरसत भी मिल जाएगी। आराम से मिला करें। ये सब तो सिर्फ़ शुरुआत के मामले हैं।

रोहित : माफ़ कीजिए, मैं समझा नहीं...

[हलका सा विराम। फिर मोहन हँस पड़ते हैं।]

मोहन : पता है, मीरा और मैं यहाँ आते रहे हैं—

पिताजी : *(एकदम से जागते हुए)* अरे हाँ! हर शनिवार सुबह... ठीक नौ बजे, बड़ी पाबन्दी से। *(हँसते हैं)* अगर पाँच मिनट की भी देर होती, तो मैं रोहित से पूछता : क्यों भई, इस हफ़्ते तुम्हारे नाम से अब तक कुछ आया नहीं?

रोहित : अप्पा!

मोहन : *(इस बात का कोई असर न दिखलाते हुए)* हमारे लिए तो वही वक़्त सही रहता है। इतनी दूर हुबली से जो आते हैं! सुबह के उस वक़्त रास्ता तय करने में आधे घंटे से कम लगता है। और कभी दस मिनट की भी देर हो जाए तो एक घंटा गया समझो। अजी, ट्रैफ़िक, और क्या! जीना हराम हो गया है ट्रैफ़िक से।

मीरा : और यहाँ से सीधे सोमेश्वर मन्दिर जा सकते हैं—बग़ल में जो है। वहाँ आरती ठीक दस बजे होती है...बहुत आसान हो जाता है।

पिताजी : मैं यहाँ बन-ठन के इनके स्वागत में बैठा रहता, पर इनके पास मेरे लिए वक़्त ही नहीं होता था।

मोहन : डॉक्टर अंकल...डॉक्टर अंकल, आप ऐसे कैसे कह सकते हैं!

मीरा : *(साथ-साथ)* जहाँ कहीं भी हो—हम बड़ों की इज़्ज़त करते हैं। *(रोहित पिताजी का हाथ दबाता है। पिताजी शान्त हो जाते हैं।)*

गोपाल : देखिए, बात कुछ ऐसी है कि हमारा बेटा शरद, स्टेट्स से छह हफ़्ते की छुट्टी पर आया और अगले महीने ही लौट जाएगा। और फिर तीन साल तक छुट्टी नहीं मिलेगी। हमने सोचा अगर आप हाँ कर दें, तो शादी उसके होते हो जाए।

[रोहित चौंककर उन्हें देखता है।]

वत्सला : इसलिए आप सबको तकलीफ़ दे रहे हैं। बहुत बुरा लगता है पर...

मीरा : आज की शाम हाथ से गई तो अगले तीन हफ़्तों तक कोई शुभ घड़ी नहीं है। इसीलिए उन्हें फ़ौरन चले आने को कह दिया—

मोहन : हैदराबाद से। फ़िक्र की कोई बात नहीं। आज ही आने को कह दिया है।

मीरा : और तपस्या को साथ लाने को भी।

रोहित : लेकिन...मैं...मैं...शादी...मैंने तो इस बारे में सोचा तक नहीं।

[हलका-सा विराम अजीब-सा महसूस करते हुए। मोहन जोश से फिर शुरू हो जाते हैं।]

मोहन : सही है। ये बात तुम कहते रहे हो। लेकिन और कब तक इन्तज़ार करते रहोगे? सच कहूँ तो मैंने ये बात भी छेड़ी थी कि तपस्या और तुम्हारी शादी तुम्हारी बहन की शादी के वक़्त ही की जाए...एक ही पंडाल में, साथ-साथ।

मीरा : तुम्हें अब अपने माँ-बाप का भी ख़याल रखना चाहिए। उनकी भी तो उम्र बढ़ रही है...

पिताजी : हमारी चिन्ता करने की कोई ज़रूरत नहीं। अपने बुढ़ापे का ख़याल मैं ख़ुद रख लूँगा—आप अपना ख़याल रखिएगा।

गोपाल : मीरा, मैंने कहा न, बस—चुप रहो।

मीरा : *(बड़ी सहजता से)* क्या मैंने बुढ़ापे की बात छेड़ी, डॉक्टर अंकल? मैं तो सिर्फ़ आपके कन्धों पर बढ़ते ज़िम्मेदारी के बोझ की बात कर रही थी।

[राधाबाई ट्रे में छह कप चाय लाकर सबको देती है। सब चाय लेते हैं सिवाय पिताजी के।]

गोपाल : *(रोहित से, नम्रतापूर्वक)* तुम शादी के बारे में क्यों नहीं सोचना चाहते?

रोहित : फिलहाल तो मैं शादी नहीं कर सकता। अगले तीन साल तक तो बिलकुल नहीं। *(मोहन और मीरा की ओर इशारा करते हुए)* मैं उन्हें पहले ही बता चुका हूँ।

गोपाल : माफ़ करना, फिर भी पूछ रहा हूँ—क्या मैं जान सकता हूँ क्यों?

रोहित : मैं नौकरी छोड़ने की सोच रहा हूँ। सोच रहा हूँ, अपना ख़ुद का ऑफ़िस खोल लूँ।

गोपाल : सोचो मत, कर दो। मैं तो हमेशा कहता हूँ, हम सारस्वत ब्राह्मण पढ़े-लिखे हैं, कलात्मक हैं...पर जोखिम लेना हमें आता ही नहीं—नो सेंस ऑफ़ एडवेंचर यू सी। डरपोक हैं...नौकरी मिल गई तो समझते हैं ज़िन्दगी बन गई। मैं एक मारवाड़ी कम्पनी में काम करता हूँ। बहुत इज़्ज़त करता हूँ इन लोगों की। अब मारवाड़ियों को देख लीजिए, पैसा उनके लिए जोखिम लेने की पुकार है। मानो जादुई क़ालीन। पर हमारे लिए तो पैसा सिर्फ़ एक गरम कम्बल है...ठंड से बचने के लिए बस। अरे, ये युग है मौक़ों का। बढ़ो भई, छलाँग लगा ही दो। हमें बहुत ख़ुशी होगी। तपस्या एक टाँग पर खड़ी है तुम्हारे साथ जोखिम उठाने का मज़ा लेने। वह तुम्हारी बहुत इज़्ज़त करती है—तुम्हारी क्रिएटिविटी के लिए।

मीरा : इज़्ज़त ? वह तो तुम्हें पूजती है। तुम्हारी सारी डॉक्यूमेंटरीज़ देख चुकी है।

रोहित : कौन सी ?

मीरा : टी.वी. पर शायद *(सीरूर से)* है न, अण्णा ?

मोहन : वह भी बहुत क्रिएटिव है।

मीरा : भगवान की देन है। गाती है। क्लासिकल म्यूज़िक।

रोहित : हाँ, आप मुझे बता चुके हैं—पर मैं नहीं कर सकता। *(पिताजी जाने के लिए उठ खड़े होते हैं)*

मीरा : आप निकल तो नहीं रहे हैं न, डॉक्टर अंकल ? देखिए न, रोहित तो सोचने को भी राज़ी नहीं हो रहा! आपका क्या कहना है ?

पिताजी : मैं क्या कह सकता हूँ! भगवान की दया से मेरी तो बीवी है।

[सब ज़ोर-ज़बर्दस्ती हँसते हैं। पिताजी अपने कमरे में चले जाते हैं।]

मीरा : डॉक्टर अंकल मज़ाक़ कर रहे हैं। हा, हा।

मोहन : भगवान की मेहरबानी रही है हमारे जीजाजी पर। उन्हें किसी चीज़ की कोई कमी नहीं। सिर्फ़ दो बच्चे हैं और बेटा स्टेट्स में रहता है। भगवान का शुक्र है, उसकी अच्छी चल रही है। तो इनका जो भी है सब तपस्या को मिल जाएगा। तुम हिम्मत करो और जो जोखिम लेना चाहो ले लो। पानी में उतरकर आज़मा ही लो। परदेस जाओ ट्रेनिंग के लिए। अपनी ख़ुद की फ़र्म खोल लो। तुम्हें जिस सहारे की ज़रूरत है तुम्हें मिल जाएगा।

रोहित : आप मुझे ख़रीदना चाहते हैं?

मोहन : नहीं...नहीं...नहीं...

रोहित : और नहीं तो क्या? आप चाहते हैं कि मैं इन चीज़ों के लालच में आकर शादी कर लूँ? घूस?

गोपाल : रोहित, समझदारी से काम लो। तुम आजकल के नौजवान, तुम तो अमेरिकी हो गए हो। तुम अपने पैरों पर खड़ा होना चाहते हो...जो तारीफ़ के क़ाबिल है। हमारे ज़माने में माँ-बाप की ज़िम्मेदारी बनती थी कि बच्चों को आराम की ज़िन्दगी मिले...सुखी ज़िन्दगी। हमें इसमें घूस कहीं नज़र नहीं आती। हमारा वो मतलब बिलकुल नहीं था।

मोहन : तुममें जो जोश है...ड्राइव है...हमें पसन्द है। पर सारी बातें तुम्हारे सामने रखना ज़रूरी है।

रोहित : नहीं, आय एम सॉरी...मेरा जवाब है ना। मुझे कोई दिलचस्पी नहीं।

[लम्बा विराम। वत्सला भौचक्की-सी अपने पति को देखती है। गोपाल, मानो चक्कर खा गए हों]

गोपाल : तुम्हें नहीं है...पर...

वत्सला : हमारी बेटी—

रोहित : वही तो मैं जानता हूँ। चाहता हूँ, आप उसे यहाँ क्यों ले आए वो भी हैदराबाद से! जब कि मैंने साफ़-साफ़ कह दिया था कि मुझे शादी नहीं करनी है। मुझे कोई दिलचस्पी नहीं।

गोपाल : तुमने ऐसा कहा था? कब?

वत्सला : अगर ये पता होता कि तुम्हें कोई दिलचस्पी नहीं है तो हम उसे यहाँ नहीं लाते।

[मोहन और मीरा बेचैन हो जाते हैं।]

रोहित : मतलब—आप क्या ये कह रहे हैं कि—*(मोहन और मीरा से)* मतलब मैंने जो आपसे बात की थी—आपने इन्हें नहीं बताया? कि मैं नहीं...

मोहन : सुनो, सुनो। परेशान होने की कोई ज़रूरत नहीं। जब कोई कुछ करता है तो भले के लिए ही करता है। उम्मीद तो यही होती है कि कुछ अच्छा हो।

रोहित : *(ग़ुस्से से)* मैंने आपसे एक या दो बार नहीं...बीस बार कहा है, जब भी आप यहाँ आए, हर शनिवार सुबह, मैं कहता था...एक बार नहीं, बार-बार कहता रहा कि मुझे शादी नहीं करनी और आपने उन्हें कभी ये बात नहीं बताई? आपने क्या कहा...कि मैं राज़ी हूँ?

मोहन : नहीं-नहीं, तुम राज़ी हो ऐसा तो नहीं कहा। पर ज़रा-सा फ़र्क़ है—या हमें ऐसा लगता है—अन्तर है, दिलचस्पी बिलकुल ही न होने में और फ़िलहाल राज़ी न होने में। हमें वाक़ई यूँ लगा कि हालाँकि तुम कुछ हिचकिचा रहे थे, लगा आख़िर मान ही जाते। इसलिए—

रोहित : *(सीरूरों से)* सुन लिया आपने। मैंने साफ़-साफ़ ना कह दिया था। पर उन्हें जो लगा वही उन्होंने आपको बताया—

मीरा : इसके अलावा शास्त्री जी ने हमसे ये वादा भी किया था कि ऐसा हो ही नहीं सकता कि यह रिश्ता जुड़ के न

आए। कुंडलियाँ मिलती हैं...'निःसन्देह रहिए' कहा था उन्होंने...
ऐसी हूबहू मिलती हुई कुंडलियाँ मैंने आज तक नहीं देखीं।

रोहित : मुझे तो यक़ीन ही नहीं हो रहा! सुना आपने? मैं इनसे कुछ कहता हूँ और ये मुझे अपने ज्योतिष का कहा सुनाते हैं।

[रोहित सेल फ़ोन पर नम्बर डायल करता है]

मीरा : शास्त्री जी कहते रहे कि सारे गुण सौ टके मिलते हैं। *(नम्बर बिज़ी है।)*

रोहित : चक!

गोपाल : रोहित, जो हुआ सो हुआ, भूल जाओ।

रोहित : भूल जाऊँ? मैंने जो भी कहा—वो भी बार-बार कहा—वो कोई मायने नहीं रखता।

गोपाल : वो ग़लत थे—मैं मानता हूँ।

मीरा : कहते हैं, कारण शुभ हो तो कोई लाख सुना भी दे तो बुरा नहीं मानना चाहिए—बर्दाश्त कर लेना अच्छा...

गोपाल : *(हाथ के एक इशारे से सबको चुप कराते हुए गिड़गिड़ाते हैं।)* तपस्या हमारे एक शब्द का इन्तज़ार कर रही है। मोबाइल हाथ में लिये बैठी होगी। क्या तुम उससे बात करोगे?

रोहित : मैं? मैं क्यों? और क्या कहूँ? इनसे पूछिए। *(हत्तंगडियों की ओर इशारा करते हुए)* मुझे अब जाना होगा—देर हो गई है।

[मोबाइल पर बात करता है।]

हेलो, मैं रोहित बोल रहा हूँ। क्या मैं मिस्टर गोविन्द राव से बात कर सकता हूँ? हेलो, गोविन्द अंकल, मैं रोहित। बस अभी निकल ही रहा हूँ—हाँ, हाँ। दस

मिनट में पहुँच रहा हूँ। हाँ, दस मिनट—हाँ, प्लीज़। हाँ, आप तैयार हो जाइए, साथ में बाहर चलेंगे। सॉरी, मुझे देर हो गई।

(मोबाइल जेब में रखता है।) एक्सक्यूज़ मी।

गोपाल : रोहित, रोहित प्लीज़! मुझे अपनी बात ख़त्म तो कर लेने दो। हम तपस्या से क्या कहें ? मेरा सुझाव ये है तुम सिर्फ़ हाँ कह दो। बस उतना ही काफ़ी है। एक सीधी सी हाँ। फिर मैं और मेरी बीवी हैदराबाद चले जाएँगे और तपस्या हुबली में मोहन और मीरा के साथ रहेगी। वह तुम्हारी बहन की शादी की तैयारियों में हाथ बँटा सकती है।

रोहित : मुझे अब जाना ही होगा, प्लीज़। आप यहाँ इन्तज़ार कर सकते हैं—अम्मा अभी आ जाएगी।

गोपाल : *(बहुत ही परेशान)* मैं अपनी बेटी से क्या कहूँ! मैं जानता हूँ, तुम्हें यह रिश्ता मंज़ूर नहीं था। पर उसके बारे में तो सोचो, वह यहाँ ये समझकर आई है कि तुम्हें मंज़ूर है। वह हैदराबाद से इसी यक़ीन के साथ आई है कि आज सब कुछ सही होगा और उसकी तुमसे सगाई हो जाएगी।

रोहित : दिस इज़ ऑफुल! तो आप क्या चाहते हैं—मैं क्या करूँ ?

गोपाल : ज़रा उसके बारे में सोचो। वह कोई अनपढ़ लड़की तो नहीं है। सोशियोलॉजी में एम.ए. किया है—वो भी फ़र्स्ट क्लास लेकर। नरमदिल, पढ़ी-लिखी, मॉडर्न लड़की है। बग़ैर एक लफ़्ज़ के तुम उसे कैसे ठुकरा सकते हो ? नहीं, प्लीज़, उसे इस तरह शर्मिन्दा मत करो।

रोहित : मैं ? मैंने क्या किया ?

मोहन : तुम्हें कोई दोष नहीं दे रहा। दोष मेरा और मेरी धर्मपत्नी का है—मानते हैं।

मीरा : हम मानते भी हैं और माफ़ी भी माँगते हैं। हम और कर क्या सकते हैं?

वत्सला : लड़की सीने से अरमान लगाए आई है।

[रोहित कुछ कहनेवाला है कि गोपाल अचानक खड़े होकर ऊँचे स्वर में बोलने लगते हैं।]

गोपाल : तुम सब...तुम सब लोग...प्लीज़ चुप रहिए। कोई एक लफ़्ज़ नहीं बोलेगा।

वत्सला : *(खड़ी होकर)* प्लीज़, सँभलकर। डॉक्टर ने आपको मना किया है, आपको यूँ उत्तेजित नहीं होना चाहिए। आपके ब्लडप्रेशर के लिए अच्छा नहीं है।

गोपाल : *(चिल्लाते हैं उसपे)* मैंने कहा चुप रहो। चुप! तुम सब अपना मुँह बन्द क्यों नहीं रखते? *(रोहित से)* रोहित, सबसे पहले मुझे माफ़ी माँगने दो। तुम्हारे और इन लोगों के बीच जो हुआ, मैं नहीं जानता। शायद उन्हें ग़लतफ़हमी हो गई। ये भी मान लें कि उन्होंने हमसे झूठ कहा। पर हम—मेरी ये बीवी और मैं—और कर भी क्या सकते थे? क्या हम तुम्हें फ़ोन करके ये पूछ सकते थे कि क्या ये सच है कि तुमने मंजूरी दे दी है? क्या हम उनसे ये कह सकते थे कि क़सम खाकर बताइए कि जो आप कह रहे हैं बिलकुल सच है? उन्होंने कहा—हमने मान लिया—हमने मान लिया, रोहित। क्योंकि हम मानना चाहते थे। और क्यों न मानें? हमारी इकलौती बेटी है ये...उसके लिए सब कुछ सही होगा, दूल्हा आएगा, ऐसा हम क्यों न मानते?

मीरा : अण्णा—

गोपाल : मैंने कहा न, चुप! अब, रोहित, बात ये है कि हैदराबाद में हमने सबसे कह दिया है कि यह रिश्ता पक्का हो गया है। वहाँ सब लोग यही समझते हैं कि हम यहाँ सगाई की रसम के लिए आए हैं। और मुझे ये मानना

पड़ेगा कि हम जिस पूरे यक़ीन से चले थे, हमने शायद उसी के भरोसे को बढ़ावा दिया। हाँ, ज़रूर दिया। देना नहीं चाहिए था, पर दिया। मैं मानता हूँ। पर हमें भी तो भरोसा हो ही गया था।

वत्सला : सुनिए—

[गोपाल की बातचीत के दौरान राधाबाई अन्दर के कमरे से देखने लगती है।]

गोपाल : एकदम चुप। मुझे दिल का दौरा पड़ जाए, लकवा हो जाए—मुझे कोई परवाह नहीं...मेरी बेटी की ख़ातिर तुम्हें, रोहित, शायद ये मामूली-सी बात लगे, पर हमने हैदराबाद में सबको बता दिया है। हमारे रिश्तेदारों ने ऐसा बेहतरीन दामाद पाने पर बधाई भी दी। उसकी सहेलियों ने, उसके सब क्लासमेट्स ने इस ख़ुशी में पार्टी भी मना ली। और अब हम वापस जाकर ये कहें—ज़रा सोचो तो—वह मुँह दिखाने के क़ाबिल नहीं रहेगी! वह हमारी इकलौती बेटी है, रोहित। बहुत ही नरमदिल है। उसका दिल न दुखाओ, प्लीज़, यूँ उसे घायल न करो। फूल की तरह पाला है हमने उसे। उसका अपमान मत करो। प्लीज़, ऐसा कुछ मत करो, मैं तुम्हारे पाँव पड़ता हूँ।

[सीरूर घुटनों पर टिककर रोहित के पाँव छू लेते हैं। रोहित हैरान, पीछे हटता है। सभी लपककर सीरूर को पीछे खींचते हैं। सब एक साथ बोलते हैं]

मोहन : भाई जी, ये क्या?

मीरा : नहीं-नहीं, अण्णा, आप ऐसा नहीं कर सकते—पागलपन है ये।

वत्सला : आपको अपना कुछ तो ख़याल करना चाहिए। प्लीज़...

गोपाल : अपनी बेटी के लिए मैं कुछ भी करूँगा।

वत्सला : आपका ब्लडप्रेशर! डॉक्टर ने हमें चेतावनी दी है।

गोपाल : *(कुर्सी में गोपाल ढेर हो जाते हैं। हाँफने लगते हैं।)* मैं कह रहा हूँ, मुझसे यह ख़याल बर्दाश्त नहीं होता। ये तो मेरी सोच के भी बाहर है।

वत्सला : चुप हो जाइए...काफ़ी तकलीफ़ उठा ली आपने।

[अपने पल्लू से उन्हें हवा देती है। रोहित को कुछ सूझता नहीं।]

रोहित : देर हो गई है...मुझे जाना होगा।

मोहन : हम कल फ़ोन करें?

रोहित : नहीं, कल नहीं। कल काफ़ी भाग-दौड़ करनी है...

मोहन : दो दिन बाद कर दें?

रोहित : शायद। मुझे अब जाना है। ठीक है।

मोहन : *(ख़ुशी से)* बस हमें सिर्फ़ यह सुनना था। तुमने 'ठीक' कहा—बस यही काफ़ी है। तुमने शुरुआत में ही क्यों नहीं कह दिया?

रोहित : *(कुछ घबड़ाकर, कुछ ख़ुद को दोषी मानकर)* सॉरी लेकिन—

मोहन : माफ़ी माँगने की कोई ज़रूरत नहीं। तुम्हारी परेशानी हम समझते हैं। अगर शुरुआत में ही कह देते कि हम दो दिन बाद मिल सकते हैं, तो हमारी वजह से तुम्हें देर न होती।

मीरा : अब उसने ठीक है कह दिया न। हमें उसे और परेशान नहीं करना चाहिए।

गोपाल : अब तपस्या को क्या बताएँ? उसे किस मुँह से...

वत्सला : *(दृढ़ता से)* अब चलिए। वह समझदार है। कोई बच्ची नहीं है!

मोहन : भाई जी, नौजवानों को सोचने के लिए वक़्त चाहिए, चलिए, उसे थोड़ा वक़्त ही क्यों न दे दें सोचने के लिए...ये जायज़ भी है और सही भी।

वत्सला : *(बग़ैर मुस्कुराए)* चलिए, चलते हैं।

गोपाल : रोहित—

[वत्सला गोपाल की बाँह पकड़कर उन्हें बाहर ले जाती है। मोहन के कुछ कहने से पहले रोहित अपने मोबाइल पर नम्बर डायल करता है।]

रोहित : हेलो, हेलो...मैं रोहित। गोविन्द राव अंकल...ओह! ओह! क्या वे निकल गए? पर...वे बुरा तो नहीं मान गए। मैं आ नहीं पाया...आय एम सॉरी पर मैं कुछ नहीं कर सकता था। कहाँ गए हैं? क्या मैं...

[ज़ाहिर होता है कि दूसरी तरफ़ फ़ोन बन्द कर दिया गया है। रोहित मोहन और मीरा को देखता है और तेज़ी से मुड़कर अपने कमरे में जाने लगता है।]

मीरा : रोहित, मुझे इससे क्या लेना-देना...पर...क्या वह गोविन्द राव की बेटी उषा थी?

रोहित : *(गुस्ताख़ी से)* हाँ।

मीरा : गोविन्द राव की इच्छा थी कि उषा की शादी अश्विन से हो। अब अश्विन आ रहा है तुम्हारी बहन से शादी करने। और तुम तो कह रहे थे कि अश्विन उनके साथ रहनेवाला है?

रोहित : गोविन्द राव उसके मामा जो ठहरे!

मीरा : यही तो बात है! गोविन्द राव के मुताबिक़ पहला हक़ उनकी बेटी का बनता है। ज़रा सँभल के। बस, टेक केयर दैट्स ऑल। गोविन्द राव...अब क्या कहें...कहीं बना-बनाया काम न बिगाड़ दें...कहीं अश्विन के कानों में ज़हर न फूँक दें—

वत्सला : *(बाहर से पुकारती है)* मीरा—

मीरा : आई-आई—चलो।

मोहन : तुम छोटे हो—तुम नहीं जानते लोग कितने दुष्ट हो सकते हैं।

[मीरा और मोहन निकलते हैं। मोबाइल बजता है। रोहित मोबाइल पर नाम देखता है और बात करता है।]

रोहित : इज़बेल! तुम्हारी आवाज़ के लिए ख़ुदा का शुकर है। तुम्हें बता नहीं सकता मुझ पर यहाँ क्या बीती है! हुआ ये कि सीरूर आए थे यहाँ। हैदराबाद से...

[पर जिसने कॉल किया है, रोहित को बोलने का मौक़ा नहीं देता। रोहित सुनता है, बेचैनी बढ़ती है फिर आपे से बाहर होता है।]

नो डार्लिंग...मैं उनसे मिलने को राज़ी नहीं था। मुझे तो पता भी नहीं था कि वे आ रहे हैं...आय जस्ट डिंट नो! *(सुनता है।)*
बट बी रीज़नेबल...नो डार्लिंग...तुम्हें कुछ पता भी है यहाँ मेरा क्या हाल है...? *(ग़ुस्सा होने लगता है)* नो...आय एम अफ़्रेड...मैं और दो दिन तक नहीं आ सकता। आय जस्ट कांट। सॉरी। *(उसकी बातचीत के दौरान विदुला और हेमा पीछे के दरवाज़े से आती हैं, कई पार्सल लिये। पिताजी बाहर आकर कुर्सी पर बैठते हैं)* बाय लव, बाद में फ़ोन करूँगा। बाय! *(शरमाकर फुसफुसाता है।)* येस, आय लव यू।

हेमा : वह तुम्हारी क्रिश्चियन गर्लफ्रेंड थी न?

रोहित : हाँ।

हेमा : ढूँढ़-ढूँढ़कर क्रिश्चियन लड़की ही मिली तुम्हें? हमारी बिरादरी में अच्छी लड़कियाँ नहीं हैं?

रोहित : ओह प्लीज़! अब तुम शुरू मत हो जाना। सब टूट पड़े हैं मुझ पर।

हेमा : हमने उस ड्रामे की कुछ झलक देखी। कहना पड़ेगा, ड्रामा कुछ ज़्यादा ही कर गए।

रोहित : मतलब, तुम यहाँ थीं जब वो तमाशा यहाँ चल रहा था? फॉर हेवन्ज़ सेक! तुम अन्दर आकर मुझे बचा नहीं सकती थीं?

हेमा : हम अपने महमानों को शर्मिन्दा कैसे करते? आख़िर हमने कह दिया था कि हम घर पर नहीं होंगे। सच, तुम्हें हमारा शुक्रिया अदा करना चाहिए। अगर वे हमें देख लेते ड्रामा रीप्ले हो जाता।

[हेमा कुछ पार्सल लेकर अन्दर जाती है]

विदुला : पर इस सबसे तुम्हारी तो क़ूवत बढ़ती होगी न! एक लड़की तुम्हारा इन्तज़ार कर रही है—उसके घरवाले तुम्हारे सामने गिड़गिड़ाते हैं...तुम्हारे सामने हाथ फैलाते हैं, भीख माँगते हैं लड़कीवाले। अन्दर ही अन्दर एक शान महसूस करते होगे, है न?

रोहित : *(ग़ुस्से से)* मैंने उन्हें नहीं बुलाया। मुझे नहीं चाहिए था ये तमाशा!

विदुला : नॉनसेंस! तो फिर तुमने उन्हें बताया क्यों नहीं कि तुम्हारा चक्कर चल रहा है इज़बेल के साथ? ये तो कह सकते थे कि वो लगभग तुम्हारी मंगेतर ही है।

रोहित : ऑ कमऑन! मैं अपनी पर्सनल लाइफ़ के बारे में उन्हें क्यों बताऊँ?

विदुला : *(बुरा मानकर)* क्योंकि तुम अगर इज़बेल का बस नाम ही लेते तो उनका नाटक वहीं के वहीं ख़त्म हो जाता। इतने दिनों से जो चल रहा है, वो...मैं सिर्फ़ आज की बात नहीं कर रही। पर मुझे लगता है तुम ये चाहते ही नहीं थे। क्योंकि उनके नाटक से तुम्हारे सिर पर ताज जो लग रहा था!

रोहित : *(चिल्लाते हुए)* देखो—बस बहुत हो गया!

माँ : *(प्रवेश करती है)* तो तुम आख़िर गोविन्द राव से मिलने नहीं गए न?

रोहित : हैव अ हार्ट अम्मा! ये सीरूर तो...

माँ : तुम इतनी छोटी-सी चीज़ अपनी बहन के लिए नहीं कर सकते! अब उस खूसट बूढ़े को बड़बड़ाने के लिए एक और वजह मिल जाएगी।

हेमा : *(पार्सल लिये)* लगता है, किसी को इस बात की कोई परवाह नहीं कि रोहित एक क्रिश्चियन लड़की के साथ घूम रहा है!

रोहित : क्या ऑस्ट्रेलिया जाकर ऐसा हो जाता है लोगों को? यह इक्कीसवीं सदी है! ट्वेंटी फ़र्स्ट सेंचुरी, यू नो!

हेमा : और तुम इक्कीसवीं सदी वालों ने इस ट्वेंटी फ़र्स्ट सेंचुरी में हमारी विदु को ऐसी मुसीबत में डाला ही कैसे?

माँ : मुझे आजकल की क्रिश्चियन और हिन्दू लड़कियों में कोई फ़र्क़ ही नहीं लगता। अब उस विद्या और सारिका को ही देख लो। उनकी कमीज़ तो नाभि तक खुली हुई होती हैं। लड़के हैं कि कॉलर का बटन लगाए, बन्द गला पहने घूम रहे हैं।

पिताजी : ज़ाहिर है, लड़के छाती पर उगते बालों को दिखाने से शरमाते हैं।

[सब, सिवाय पिताजी के, हँस पड़ते हैं।]

[दृश्य-3 समाप्त]

दृश्य-4

[विवान लिविंग रूम में अकेला कुछ किताबों के पन्ने पलट रहा है। कुछ परेशान-सा। घर के बाहर होते हर छोटी-सी आवाज़ का उस पर असर होते दिखाई देता है। बाहर ऑटो रिक्शे के रुकने की आवाज़। बाहर देखता है, मुख पर प्रसन्नता छाती है। वह फ़ौरन किताब में मगन होने का ढोंग करता है। परेशान लगती हुई हेमा अन्दर आती है। वह तेज़ी से अन्दर जाने को है कि उसकी नज़र विवान पर पड़ती है। उसकी आवाज़ दब-सी जाती है।]

हेमा : तुम?

विवान : मैंने कल की किताब ख़त्म कर ली है। अन्दर रख दी है।

हेमा : अच्छा। तुम जो चाहो किताब ले लो।

[हैंडबैग खोलकर कुछ फ़ाइलें निकालती है। पुकारती है।]

रोहित, विदुला! *(विवान से)* जल्दी करो, विवान प्लीज़। आय एम सॉरी। पर इस वक़्त यहाँ एक बहुत ही ज़रूरी फ़ैमिली-मीटिंग होनेवाली है।

विवान : *(जेब में से एक और चिट्ठी निकालता है)* लो...ये आपके लिए है।

हेमा : मुझे नहीं चाहिए।

विवान : मैं इसे यहाँ छोड़ देता हूँ।

हेमा : बस करो विवान—स्टॉप इट! मेरा तुमसे बड़ा एक बेटा है—जानते हो?

विवान : यह चिट्‌ठी अब किसके हाथ लगती है, इसकी मुझे कोई परवाह नहीं।

[चिट्‌ठी टेबल पर रख देता है, हेमा लपककर चिट्‌ठी उठा लेती है।]

हेमा : अब तुम्हारा मैं करूँ क्या? कोई इसे पढ़ ले तो?—

विवान : पढ़ लेने दो...सब सच तो है—हर शब्द।

हेमा : ऐसी वाहियात बातों के लिए फ़िलहाल मेरे पास वक़्त नहीं है। पर तुम यह बकवास बन्द करोगे या नहीं या मैं कह दूँ तुम्हारी माँ से?

विवान : नो प्रॉब्लम। कह दो। मैं भी बता दूँगा कि हाँ! मुझे इश्क़ हो गया है। जब से तुम पर नज़र पड़ी, बस इश्क़ हो गया। तुम्हें चूमते जान निकल जाए मेरी। मैं चाहता हूँ कि जब मेरी जान निकले मेरे हाथ तुम्हारे...

[हेमा उसके मुँह पर एक चाँटा लगाती है...ज़्यादा ज़ोर से नहीं...चाँटा उसकी बेबसी का इशारा है, बस। ख़ुद के बरपने से चौंककर पीछे हटती है।]

हेमा : सच डर्टी स्टफ़।

विवान : मार लो—तुम्हारा चाँटा भी इतना मीठा है-—भले चाँटा मारकर ही छू लो—ख़ुशी की लहर दौड़ जाती है मुझमें। हाये! फ़िदा हूँ तुम पर बस!

[एक और चिट्‌ठी निकालने लगता है कि हेमा उसके निकालने से पहले ही चिट्‌ठी खींच लेती है।]

हेमा : तुम क्या समझते हो...मुझे और कोई काम नहीं? निकलो...चलो...

विवान : मैं यह किताब कल लौटा दूँ तो कोई हर्ज तो नहीं?

[हेमा उसे बाहर ढकेल देती है। बड़ों की अदा से बाहर क़दम रखता है। हेमा जल्दी-जल्दी में चिट्ठी पढ़ती है...उसके गालों पर शर्म की लाली छा जाती है। मुस्कुराते हुए दोनों चिट्ठियाँ अपने हैंडबैग में ठूँस देती है, फिर उन्हें निकालकर, सही ढंग से तह करके अपने ब्लाउज़ में रख लेती है। अचानक उसे काम की बात याद आती है और पुकारती है।]

रोहित! रोहित! विदुला...

विदुला : *(अन्दर से)* क्या है हेमक्का?

हेमा : रोहित कहाँ है?

विदुला : *(अन्दर से)* सो रहा होगा शायद!

हेमा : इसे और कुछ करने को नहीं है क्या? बुलाओ उसे—

विदुला : *(प्रवेश करती हुई)* उसने कहा था मुझे तभी जगाओ जब...

हेमा : बुलाओ उसे! प्लीज़! रोहित!

विदुला : *(पुकारती है)* रोहित! रोहित! बात क्या है! इतनी हड़बड़ी क्यों?

हेमा : राधाबाई, चाय, प्लीज़। तीन कप। *(विदुला से)* आफ़त हो गई है। अम्मा को बुलाओ। नहीं...सच पूछो तो, न बुलाओ...अभी नहीं...कहाँ है अम्मा?

विदुला : स्टोर रूम में—ऐसा लगता है। समझती है, स्टोर रूम साफ़ कर रही है पर चीज़ें तो सिर्फ़ इधर की उधर होके, खुले में जम रही हैं। बात क्या है?

रोहित : *(आँखें रगड़ता हुआ आता है)* घर को सिर पर क्यों उठा रही हो?

हेमा : ये लो—देख लो!

[फ़ाइल में से एक काग़ज़ निकालकर रोहित को देती है। विदुला उसके कन्धों पर से झाँकती है।]

विदुला : अच्छा! तो तुम्हें मिल गया।

हेमा : उस क्लर्क ने मुझे तुम्हारे साथ देखा था न—तो मुझे पहचान गया और मुझे दे दिया। ज़रा पढ़ लो।

विदुला : ठीक तो लगता है।

माँ : *(अन्दर से)* मुझे बुलाया क्या?

विदुला : नहीं अम्मा, कोई बात नहीं—मैं तुम्हें बुला लूँगी—

रोहित : *(पढ़ते हुए)* पर...पर...क्या?

[हेमा कन्धे उठाती बेबसी ज़ाहिर करती है।]

विदुला : क्या बात है? मुझे तो कुछ ग़लत नज़र नहीं आता!

राधाबाई : *(अन्दर)* तुम जाओ, माँ। वे चाहते हैं तुम आओ—मैं ये काट लूँगी—जाओ।

रोहित : *(विदुला से, चिढ़ाते हुए)* ध्यान देना सीखो। कंसंट्रेट। *(उँगली से इशारा करता है।)*

विदुला : कोई ग़लती हुई है?

रोहित : चलो शुकर है—तुम्हें अब तो नज़र आया।

[अम्मा बाहर आती है]

अम्मा : क्या बात है हेमा?

हेमा : नई प्रॉब्लम़!

माँ : *(हँसती)* बस?

हेमा : विदुला का बर्थ सर्टिफ़िकेट। देख लो।

माँ : चश्मा कहीं भूल आई हूँ।

विदुला : पहने हुए हो!

माँ : अरे हाँ! याद ही नहीं रहता।

हेमा : मैं बताती हूँ। ये इसका बर्थ सर्टिफ़िकेट है। अभी लाई हूँ। बाक़ी सब तो ठीक है। पर जहाँ लिखा है 'पिता का नाम' वहाँ दर्ज किया गया है *(विराम)* रामदास नाडकर्णी। काका का नाम!

माँ : *(समझ न पाते हुए)* पर क्यों? ऐसा क्यों लिखा है?

हेमा : मुझे पता नहीं—सिर्फ़ इतना जानती हूँ कि अप्पा के नाम के बजाय चाचा जी का नाम है...काका जी का।

माँ : *(विदुला से)* तुमने अप्लीकेशन फ़ॉर्म ठीक से नहीं भरा? इतनी भुलक्कड़ कैसे हो सकती हो?

विदुला : मैंने सही भरा था—मेरा क्या दिमाग़ ख़राब हो गया है जो काका जी का नाम लिखूँगी!

हेमा : माँ, इसका इससे कोई लेना-देना नहीं। सवाल यह है, जब विदु पैदा हुई थी तो इसका जन्म दर्ज कराने रजिस्ट्रार के ऑफ़िस कौन गया था?

माँ : तुम्हें उस क्लर्क से पूछना चाहिए था। सब आलसी मुश्टंडे हैं। सब के सब! शायद इसलिए किया होगा कि घूस मिल जाए। म्यूनिसिपैलिटी वाले कैसे होते हैं तुम जानती तो हो!

हेमा : नहीं माँ, उसने मुझे ओरिजिनल रजिस्ट्रेशन भी दिखाया। उसमें भी रामदास लिखा है।

विदुला : मतलब मेरा जन्म दर्ज कराते वक़्त किसी ने ऐसी बेवकूफ़ी की?

हेमा : *(रोहित को देखते हुए)* अगर बेवकूफ़ी की...

विदुला : तो मेरा जन्म दर्ज कराने कौन गया था?

हेमा : रामदास काका। उनकी दस्तख़त है फाइल में।

[अचानक ख़ामोशी। चल-बिचल माँ उठ खड़ी होने को है...पर कुछ कहने के लिए अल्फ़ाज ही नहीं मिलते। भौचक्की-सी फिर बैठ जाती है। राधाबाई ट्रे में चाय लाती है, सबको देती है। पर कोई चाय को हाथ नहीं लगाता।]

माँ : हे...भगवान...कितना घिनौना है ये!

[राधाबाई दरवाज़े में खड़ी सब देखती रहती है।]

मेरी समझ में नहीं आ रहा—उन्होंने ऐसा होने कैसे दिया? ऐसा क्यों किया?...क्यों?

हेमा : अब इस बात को लेकर बुरा मानने में कोई मतलब नहीं, अम्मा, हम सँभाल लेंगे।

माँ : *(ज्यों ही उसे सच नज़र आने लगता है।)* हे भगवान! शिवा-शिवा!

हेमा : क्या बात है अम्मा?

अम्मा : तुम्हें नज़र नहीं आता। साफ़ बात है—ये कोई ग़लती नहीं थी। जानबूझकर किया गया है। उन्हें पता था किसी न किसी दिन हमें सर्टिफ़िकेट की ज़रूरत तो पड़ेगी ही। जानते थे कि हमें अप्लाई तो करना ही पड़ेगा। तो अपना नाम डाल दिया ये जानते हुए कि आज नहीं तो कल सब इसे देखेंगे ही! हरामज़ादा! हमारा मुँह काला करना चाहता था। पर क्यों? हर बार जब भी किसी मुसीबत में होता यह आदमी, तो अप्पा उसे सहारा देते...कोई हल निकालते। बहुत प्यार करते थे अप्पा उसे। अगर उन्हें इसका पता चला तो शर्मिन्दगी और ग़ुस्से से मर ही जाएँगे, मुझसे ये सहा नहीं जा रहा!

[एकदम से फूट-फूटकर रोने लगती है। हेमा एक क़दम बढ़ती है। उतने में विदुला, जो माँ के पास है, उसे गले लगाकर उसे दिलासा देने लगती है। हेमा पीछे हट जाती है। माँ सोफ़े पर लेट जाती है, आँखें बन्द किए।]

अम्मा : अप्पा को ये जानने की कोई ज़रूरत नहीं।

हेमा : क्या मतलब?

रोहित : इसे सही करवाने के लिए अप्लाई करना पड़ेगा—मैं उनका दस्तख़त कर सकता हूँ—हमेशा करना पड़ता है मुझे।

हेमा : क्या वह दस्तख़त नोटराइज़ नहीं करना पड़ता? *(रोहित कन्धे उठाता है)* फ़ोर्जरी, ब्राइब्स! किसी का दस्तख़त करना, घूस देना कानूनन जुर्म है पता है? क्रिमिनल अफ़ेंसेज़ हैं!

रोहित : मुझे नहाना है। *(अन्दर जाते हुए, अपने कन्धे पर से झाँकता)* दिस इज़ इंडिया, यू नो! हर मसले का हल है यहाँ!

[अन्दर जाता है]

राधाबाई : माँ!

हेमा : आराम करने दो।

राधाबाई : दिन में कभी इन्हें लेटे नहीं देखा। माथे पर हाथ रखकर बैठनेवालों में से नहीं हैं ये।

हेमा : रहने दो।

विदुला : तबीयत ख़राब है, लेट लेने दो। मुझे कोई हर्ज नहीं। लेकिन मन पर किसी बात को लेकर लेटी हों तो यह अच्छी बात नहीं—इससे दिल को और ठेस पहुँचेगी। मेरे ससुर कहा करते थे—

हेमा : तुम्हारे ससुर के बारे में अब बस!

राधाबाई : तुम कहती हो तो चुप हो जाती हूँ। पर कल मेहमान आ रहे हैं खाने पर।

विदुला : कौन आ रहा है?

हेमा : अश्विन के मामा, वो गोविन्द राव और उनकी बेटी ऊषा।

विदुला : मुझे कोई कुछ बताता ही नहीं मानो किसी और की शादी हो रही हो!

हेमा : गोविन्द राव नाराज़ हैं कि उस शाम रोहित उनके यहाँ हाज़िर नहीं हुआ। सो मैंने उन्हें अपने यहाँ

बुला लिया। सोचा उनकी नाराज़गी के लिए ये सही मरहम रहेगा।

विदुला : मैंने नहीं सोचा था कि शादी करने से ऐसी झंझट होगी। जैसे बात-बात पर...

हेमा : हर शादी ऐसी ही होती है, फ़िक्र मत करो। मेरे ससुर ने, पता है, चन्द्रकान्त की पढ़ाई-लिखाई पर एक फूटी कौड़ी ख़र्च नहीं की। और फिर भी उन्होंने हमारे शादी के वक़्त जो बखेड़ा खड़ा किया, पूछो मत! वे चाहते थे कि चन्द्रकान्त डाउरी ले। चाहते थे कि चन्द्रकान्त अपनी परवरिश के लिए उनका 'क़र्ज़ा चुकाए'—उन्हीं के मुँह से निकले शब्द हैं। चन्द्रकान्त ने धमकी दी कि 'कुँवारा ही ऑस्ट्रेलिया लौट जाऊँगा'।

[विराम]

ये तो नहीं कह सकती कि पिताजी ने चन्द्रकान्त के लिए कुछ आसान कर दिया। उसके हिसाब से तो सब कुछ ठीक-ठाक, अच्छा ही रहा। सूटेड हिम नाइसली!

राधाबाई : हेमा, अगर माँ मुझे बता दे कल खाने के लिए क्या करना है तो—

हेमा : तुम्हारे जो जी में आए पका दो, मैं अम्मा को बता दूँगी।

राधाबाई : भिगोए हुए हरे मूँग का खट्टा सालन बना दूँ?

हेमा : हाँ-हाँ, बना दो।

राधाबाई : तो मुझे मूँग अभी भिगोना पड़ेगा, ये कोई मामूली मेहमान नहीं हैं हेमा। बहुत ही जल्दी ये हमारे समधी होंगे। सब कुछ बिलकुल सही होना चाहिए। अच्छा वैसे, पिछली बार जब ऊषा आई थी, तो उसने कहा था उसे मछली पसन्द है पर उनके घर में मांस-मच्छी नहीं पकती।

विदुला : अगर पॉम्फ्रेट का खट्टा-तीखा सालन बना दें तो!

राधाबाई : और मीठा क्या बनाएँ—मुझे नहीं पता मछली के साथ कौन-सी मिठाई अच्छी रहेगी?

माँ : *(आँखें बन्द रखे)* मुझे एक मिनट नहीं छोड़ेगी ये!

राधाबाई : मछली चाहिए, तो तुम और माँ ही सँभाल लो—मुझसे नहीं होगा। कहे देती हूँ, हाँ!

माँ : *(धीरे-से उठती है)* ठीक है, ठीक है। हम सब जानते हैं तुम्हारी नाक कितनी नाज़ुक है! साठ साल से हमारे साथ जो हो! क्या हम इतना भी नहीं जानते कि पुरोहितों के कुल की, ऊँचे ख़ानदान की हो! मछली मैं सँभाल लूँगी। वैसे भी मेरा वहाँ रहना अच्छा, नमक की निगरानी करने।

राधाबाई : माँ, तुम्हारी बात सुनकर कोई ये नहीं कहेगा कि मैं पचास साल से ज़्यादा खाना पका रही हूँ।

माँ : मैंने कितनी बार कहा है नमक डालने से पहले ज़रा चखकर देख लो और फिर नमक डालो—ज़रूरत के मुताबिक़। पर ना! तुम तो ऐसा कभी नहीं करोगी। आँख से ही अन्दाज लगाओगी। चख लोगी तो ज़बान झड़ जाएगी क्या?

राधाबाई : झड़े न झड़े! मुझे तो आँख से अन्दाज़ लगाना सिखाया गया था—सो मेरा तरीक़ा यही है। आँखों पर भरोसा करना।

[दोनों बहस करती हुईं अन्दर जाती हैं]

हेमा : तुम वहाँ सिमटकर गेंद जैसी क्यों बैठी हुई हो?

विदुला : मुझे इतना गन्दा लग रहा है जैसे दलदल में फिसल गई हूँ...गन्दा...

हेमा : अब तुम पे कौन सा भूत सवार हो गया है?

विदुला : रामदास काका ने ऐसा क्यों किया...वह भी अम्मा पर ऐसे कीचड़ उछालना—ऐसी नीच हरकत! आख़िर उन्होंने ऐसा किया ही क्यों?

हेमा : मुझे नहीं पता, पर तुम इसे अपने सिर क्यों ले रही हो? वे शायद अप्पा के साथ कोई पुराना हिसाब चुकता कर रहे थे।

विदुला : पर अप्पा उनको कितना चाहते हैं! कितने प्यार से ज़िक्र करते हैं उनका!

हेमा : वो अब की बात है जब रामदास काका गुज़र गए हैं— इसका मतलब ये तो नहीं कि सब कुछ उनके जीते जी भी बिलकुल ऐसा ही था? ख़ैर, अब इस बात पर वक़्त ज़ाया करने का कोई मतलब नहीं।

विदुला : क्या तुम्हें लगता है—

[हिचकिचाती है।]

हेमा : क्या लगता है मुझे?

विदुला : क्या तुम्हें लगता है उनकी अम्मा पर नज़र रही होगी?

हेमा : हो सकता है। बहुत ख़ूबसूरत थी।

विदुला : तुम्हें इससे तकलीफ़ नहीं हो रही?

हेमा : मैं तुम्हें एक बात बताऊँ। अपनी शादी में मैंने अपने ससुर को मुझे ताकते हुए पकड़ा। ओह बॉय! शुकर है मैं जा रही थी। ऑस्ट्रेलिया जाने की मुझे उससे पहले इतनी ख़ुशी कभी महसूस नहीं हुई थी। मेरी सास ने शायद उनकी उस बुरी नज़र के साथ जीना सीख लिया था।

विदुला : मैं तंग आ गई हूँ। थक गई हूँ इन झंझटों से।

हेमा : मुझ पर छोड़ दो। हम सब सँभाल लेंगे। यूँ मुँह लटकाना छोड़ दो, बस।

[राधाबाई हाथ में तीन-चार प्याज़ ले आती है और सहजता से]

राधाबाई : अब उठ गई हैं न, ठीक हो जाएँगी।

[अन्दर चल पड़ती है, सही प्याज़ चुनती हुई]

हेमा : मुझे ताज्जुब किस बात का होता है, पता है? राधाबाई का!
अभी तुमने देखा उसे। सो वार्म!

सबसे कितना प्यार है, उसे लगाव है—सबका कितना ख़याल रखती है! पर एक बार शुरू हो गई तो बस भगवान ही बचाए!

विदुला : ये सब उस टेलीविज़न का नतीजा है।

हेमा : डोंट बी रिडिक्यूलस! क्या बात कर रही हो!

विदुला : अम्मा ने तुम्हें वो कहानी नहीं सुनाई?

हेमा : अम्मा ने कभी मेरे किसी भी सवाल का सीधा जवाब दिया है?

विदुला : नहीं-नहीं। ठीक है—हाँ, एक दिन अम्मा और राधाबाई टी.वी. साथ-साथ देख रही थीं—कोई मेगा सीरियल। एक माँ अपनी बेटी को बचाने के लिए अपनी जान क़ुरबान कर देती है। ऐसी ही कछ मेलोड्रमेटिक सिच्युएशन थी।

अम्मा बता रही थी कि बिलकुल ही गया-गुज़रा था। पर राधाबाई उठ खड़ी हुई शायद, टी.वी. ऑफ़ कर दिया और शुरू हो गई उन लोगों के ख़िलाफ़ जो हाथ धोकर पीछे पड़ गए थे उसके। ये साले हरामज़ादे! मेरे पीछे क्यों पड़े हैं? मुझे अपने हाल पे क्यों नहीं छोड़ देते—वग़ैरह-वग़ैरह—बिलकुल ही घटिया बोली में...

हेमा : सचमुच!

विदुला : अम्मा को उसे नींद की गोली देकर सुलाना पड़ा। ख़ैर, दूसरे दिन राधाबाई ने अम्मा को अपने दुखड़े का राज़ सुनाया। उसकी एक बेटी थी—

हेमा : राधाबाई की? उसने कभी बताया तक नहीं!

विदुला : सावित्री है उसका नाम—गाँव में रहती थी। ग़रीबी ऐसी कि सावित्री नौकरी की तलाश में बंगलौर आई और अच्छी नौकरी मिल गई उसे। काफ़ी सारा पैसा घर भेज देती थी। फिर राधाबाई का पति गुज़र गया, सो वह भी बंगलौर चली आई। मल्लेश्वरम् में किसी के यहाँ खाना पकाने का काम करने लगी। उसके आने के

एक दिन बाद कोई आकर उसे अपनी बेटी के यहाँ ले जाता है और देखती क्या है? वह तो किसी अमीर व्यापारी की रखैल है!

हेमा : रखैल! हाऊ टेरिबल!

विदुला : तो माँ–बेटी एक–दूसरे से मिलीं। मिला करती थीं। पर राधाबाई को अपनी नौकरी प्यारी थी, तो उसने अपनी बेटी के बारे में किसी को नहीं बताया, ख़ासकर जहाँ वह काम करती थी।

एक–दो साल यही सिलसिला चलता रहा। फिर अचानक बेटी की तरफ़ से चुप्पी। न फ़ोन कॉल, न कोई सँदेसा। राधाबाई पहुँच गई अपनी बेटी के यहाँ। दरवाज़े पर ताला लगा पाया। घर सुनसान। पड़ोसियों ने बताया कि वो व्यापारी अचानक मर गया और उसके घरवालों ने आकर उसकी रखैल को घर से निकाल दिया। वह ग़ायब हो गई थी।

हेमा : ओह गॉड! मुझे तो रोना आ रहा है। फिर? उसे कभी पता लगा कि उसकी बेटी का क्या हुआ?

विदुला : रुको तो—बताती हूँ। *(बड़े हाव–भाव से)* एक दिन राधाबाई छत पे कपड़े सुखा रही थी जब उसे बच्चों के हँसने और चीख़ने–चिल्लाने की आवाज़ सुनाई दी। नीचे देखा उसने। और देखा कि—

हेमा : क्या?

विदुला : उसकी बेटी उसे पुकार रही है, वहाँ गली में खड़े—उसकी साड़ी के चिथड़े हो गए थे। बाल खुले और गन्दे। बच्चे उसे चिढ़ा रहे थे—उस पर पत्थर फेंक रहे थे। ज़ाहिर था कि उसके होश उड़ चुके थे। पुकार रही थी अम्मा–अम्मा! रास्ते पर लोगों से पूछ रही थी—मेरी अम्मा का घर कहाँ है और अपने सतानेवालों को गालियाँ दिए जा रही थी।

हेमा : हाऊ हार्ट–रेंडिंग!

विदुला : राधाबाई ने उसे पुकारा। पर उसकी बेटी उसे सुन न पाई—बंगलौर का ट्रैफ़िक तो तुम जानती हो। तो ये नीचे दौड़कर गई। पर जब तक ये गली में पहुँची, वो ग़ायब हो चुकी थी। हवा हो गई। राधाबाई ने फिर अपनी बेटी को कभी नहीं देखा।

हेमा : *(अपने आँसू पोंछती है)* हमें इस सबके बारे में कुछ भी पता नहीं था। इतने साल!

विदुला : राधाबाई ने भी ज़ाहिर है इस बात को ज़हन के किसी कोने में ठूँस दिया था। भुलाने की कोशिश की थी। पर उस टी.वी. सीरियल से ज़ख़्म फिर हरा हो गया होगा। उस दिन से उसका यही हाल रहा है। एकदम पारा चढ़ना, चीख़ना-चिल्लाना।

हेमा : हाऊ टेरिबल! मुझे सम्युकता से बात करनी ही होगी।

[मोबाइल पर डायल करती हुई बाहर जाती है। विदुला की बातचीत के दौरान रोहित बेल्ट पहनता हुआ खड़ा होकर सुनता है।]

रोहित : चलो, तुम्हारी कहानी का एक तो अच्छा नतीजा निकला!

विदुला : क्या?

रोहित : तुमने ग़ौर नहीं किया? अपनी बेटी के बारे में हेमक्का कभी बात नहीं करती। यहाँ पहुँचने के बाद एक बार भी फ़ोन नहीं किया उसे। हमेशा मेरा बेटा, मेरा बेटा यूँ, मेरा बेटा त्यों...डार्लिंग सन्नी बॉय! केतन! हैवंट यू नोटिस्ड?

विदुला : सचमुच? नहीं—आय डिंट!

रोहित : *(चिल्लाता है।)* अम्मा, मैं बाज़ार जा रहा हूँ। कुछ लाना है क्या? कुछ करना है? मुझे बाद में फिर से बाहर मत भेजना।

माँ : *(अन्दर से)* चलो, अच्छा हुआ, तुम अभी निकले नहीं। *(प्रवेश करती है।)* सुनो, मैं आटा गूँध रही

थी और सोच रही थी—तुम्हें स्टैम्प पेपर ख़रीदना होगा। अप्पा से एफ़िडेविट लिखवाकर नोटराइज़ करवाना होगा। ऐसी माथापच्ची का काम! कितना वक़्त लगेगा?

रोहित : भगवान जाने! गॉड नोज़!

माँ : इसलिए मैं पूछ रही हूँ, क्या इससे फ़र्क़ पड़ेगा?

रोहित : किससे फ़र्क़ पड़ेगा?

माँ : अगर हम, जो भी है, उसे वैसे ही छोड़ दें तो?

विदुला : तुम्हारा मतलब क्या है, अम्मा?

माँ : ये ख़ामखाँ की भाग-दौड़, ये दस्तख़त की नक़ल, घूस खिलाना—किसलिए? इतने दिन तो हमें पता तक नहीं था कि कॉर्पोरेशन की फ़ाइलों में क्या है? तो वैसे ही रहने दें तो क्या होगा? रामदास का नाम भले बना रहे सर्टिफिकेट पर—

विदुला : अम्मा!

[हेमा प्रवेश करती है और चुपचाप देखती है।]

रोहित : पासपोर्ट के लिए सही जानकारी देना ज़रूरी है।

माँ : क्या पासपोर्ट पर पिता का नाम होता है?

हेमा : हाँ, बिलकुल होता है।

माँ : ओह, तो चलो—तब तो ये सब कुछ करना ही पड़ेगा। मैं सोच रही थी, इस पहाड़ को उठाने में कोई फायदा है क्या?

विदुला : मतलब हम रामदास काका का नाम पिता... *(सोचकर ही जी मतला जाता है)* शीह! मैं नहीं लगाऊँगी उनका नाम वो भी अपने पासपोर्ट में।

माँ : मैं सिर्फ़ ये चाहती थी कि किसी तरह अप्पा को इसमें न घसीटा जाए। नहीं चाहती कि उन्हें कोई दुख पहुँचे बस। फ़ाइल में क्या लिखा है, इससे फ़र्क़ क्या पड़ेगा? *(वह अन्दर जाती है)*

विदुला : तुमने सुना? अम्मा! अम्मा कह रही है जैसा है वैसा ही छोड़ दो। कैन यू बिलीव इट?

रोहित : येस आय कैन! *(धीमी आवाज़ में)* तुम नहीं जानती क्या, अप्पा का पारा किस तरह चढ़ता था? अम्मा पर हाथ उठाने से कभी नहीं झिझके। रामदास काका से ये बर्दाश्त नहीं होता था। जब तक वे ज़िन्दा थे, उन्होंने अप्पा को अम्मा पर कभी हाथ उठाने नहीं दिया।

हेमा : आय नो—एक बार वे ख़ुद आपे से बाहर हो गए थे—अप्पा उनके हाथों पिटने वाले ही थे।

विदुला : पर ये कहना कि हम एक झूठ को अपनाकर जी लें!...

हेमा : अम्मा भी इतनी अजीब हो सकती है! जैसे बन्द मुट्ठी। यहाँ आने के बाद हर रोज़ कम से कम दो बार पूछा होगा मैंने अप्पा से, कि राधाबाई में यह अचानक बदलाव कैसा—कम से कम दो बार। पर अम्मा ने एक बार भी अपने मुँह से कुछ नहीं कहा।

रोहित : शायद उसने बताना ज़रूरी नहीं समझा।

हेमा : *(बरबराती हुई)* मुझसे हमेशा दूर ही रही—मैं छोटी-सी थी तब से। सब छुपाती थी मुझसे।

रोहित : सुनो, इन पुराने गिले-शिकवों को भूलने की कोशिश करनी चाहिए तुम्हें।

हेमा : मैं क्यों भूलूँ? जब अप्पा का सिरसी को ट्रांसफर हुआ, मुझे धारवाड़ में भवानी मामी के साथ रहना पड़ा—पूरे दो साल। फिर उन्हें बागलकोट ट्रांसफर किया गया, तो मुझे अम्बा मामी के यहाँ रवाना कर दिया। पर तुम उनके साथ गईं हमेशा—हर जगह।

रोहित : देखो, अप्पा का ट्रांसफर हर साल होता था। हमारी तरह तुम्हें भी साथ लिये घूमते तो तुम्हारी पढ़ाई होने से रहती। तुम्हारी पढ़ाई-लिखाई की वजह से उन्हें तुम्हें एक जगह रखना पड़ा।

हेमा : प्यारी मामियों की गोद में। पर मुझे जब माँ की ज़रूरत थी, अम्मा मेरे आसपास कभी नहीं थी। पहले तो ये समझने की कोशिश करो।

[पुराने घाव हरे होते, वह उठकर अन्दर चली जाती है।]

रोहित : मुझे लगता है—मुझे वो स्टैम्प पेपर ले आना चाहिए।

विदुला : *(कूद उठती है)* ऐसे खट्टे मन से नहीं। ये मेरी शादी है—मेरी अपनी 'अगर हो तो' शादी। मैं चाहती हूँ कि ख़ुशी हो, जश्न हो। हम सब साथ मिलकर नाचें-गाएँ—बहुत न सही, एक बार—प्लीज़—मेरी ज़िद है।

रोहित : राइटी हो! चलो नाचें-गाएँ। तुम्हें कौन-सा गाना चाहिए? भविष्य का राष्ट्रीय गीत? *(रोहित गाने लगता है—एक गोअन गाना 'हाँव सायबा पेलतोडी वताँ' मतलब 'साहब मुझे उस पार जाना है' या ऐसा ही कोई जाना-पहचाना लोकगीत। विदुला और हेमा नाच में शामिल हो लेती हैं, इम्प्रोवाइज़ करती हैं और राहुल टेबल पर तबला बजाता है। अम्मा और पिताजी आते हैं—पहले अम्मा, पीछे-पीछे पिताजी। सोफ़ा पर बैठते हैं। अम्मा भी गाने लगती है। राधाबाई हाथ में घड़ा लिये आती है, दरवाज़े में खड़ी होकर देखती है। परिवार में ख़ुशी का माहौल।)*

[दृश्य-4 समाप्त]

(मध्यान्तर)

दृश्य-5

[यह पहले दृश्य से आगे बढ़ता है। सॉफ्टवेयर प्रोडक्शन ऑफ़िस में प्रतिभा और रोहित]

रोहित : जैसे ही बुढ़िया नीचे दौड़ती है—फ़र्ज़ करो—एक सीढ़ी के बाद दूसरी सीढ़ी...हम सस्पेंस को बढ़ा सकते हैं। उसकी उम्र काफ़ी है—अ...आर्थराइटिस है उसे। उसके लिए दौड़ना मुश्किल है पर ये उसकी बेटी है।

प्रतिभा : लिफ़्ट नहीं है क्या?

रोहित : इसीलिए तो मैंने इस इमारत को चार मंज़िला बनाया। पुराने शहरी रेग्यूलेशंस के मुताबिक़ चार मंज़िली इमारतें लिफ्ट बग़ैर होती थीं।

प्रतिभा : अच्छा—वैसे देखा जाए तो, अगर लिफ़्ट होती भी, तो कोई फ़र्क़ नहीं पड़ता। मेरा मतलब है, जैसे वह नीचे दौड़ती है, हर मंज़िल पर रुककर बटन दबाती है पर लिफ़्ट के आने तक अपने आपको वहाँ रोक नहीं पाती, सीढ़ियों से उतरने लगती है।

रोहित : सच है—इससे उसके नीचे तक के सफ़र में फुटेज़ ज़्यादा मिल जाएगी। बिल्ड-अप सही होगा।

प्रतिभा : तो वह गेट तक पहुँचती है और फिर?

रोहित : तब तक उसकी बेटी जा चुकी होती है।

प्रतिभा : दैट्स इट? बस? ज़रा-सा एंटी क्लायमैक्स नहीं लगता?

रोहित : हक़ीक़त में यही तो हुआ था। और हो क्या सकता है?

प्रतिभा : मुझे यही बताने के लिए तो तुम यहाँ हो। *(सर हिलाती है)* इस सीन को और स्ट्रांग होना चाहिए—इससे कहीं ज़्यादा मज़बूत।

रोहित : ठीक है, ठीक है—हम जो कर सकते हैं वो ये है कि *(उठता है और यूँ घूमता है जैसे किसी नए विचार से प्रेरित हुआ हो)*—जब वह गेट पर पहुँचती है, बेटी वहीं होती है। पागल—चीख़ती-चिल्लाती। बच्चे उस पर पत्थर फेंक रहे हैं। राधाबाई बच्चों को भगा देती है। पर बेटी अपनी माँ को नहीं पहचानती। चीख़ती है, 'मेरी माँ कहाँ है?'। राधाबाई को धकेल देती है।

प्रतिभा : ये हुई न बात! इनफ़ैक्ट, दैट इज़ एक्सलेंट!

रोहित : मुझे एक मिनट दो। अगर मैं बहुत ज़्यादा मेलोड्रमैटिक बन जाऊँ तो टोक देना।

प्रतिभा : टेली सीरियल के लिए कभी कुछ ज़्यादा मेलोड्रमैटिक नहीं होता—सब चलता है—और हम तो 'प्राइम टाइम' पर हैं।

रोहित : चलो। सीन को शुरुआत से फिर से पढ़ें। देखें, राधाबाई टेरेस पर क्यों है? कपड़े सुखाने नहीं बल्कि कपड़े लेने आई है क्योंकि हलकी सी बारिश होने लगी है। बूँदाबाँदी बस। हम शुरुआत करते हैं बादलों से घिरे आसमान से। अनहोनी के आसार वाले बादल और बारिश होने लगती है। राधाबाई टेरेस पर दौड़ती है कपड़े लेने। वह अपने कन्धे पर कपड़े लादे जा रही है। जब उसे हो-हल्ला सुनाई देता है मुँड़ेर तक जाती है और नीचे देखती है। बेटी को देखती है, पहचानती है और नीचे को भागती है। जब तक वो गेट पर पहुँचती है आसमान बरस पड़ता है।

प्रतिभा : बहुत अच्छे! जैसे वह नीचे दौड़ती है उसके कन्धे पर से कपड़े गिरे जाते हैं। सुपर्ब!

रोहित : तो जब वह अपनी बेटी तक पहुँचती है, तो मूसलाधार बारिश हो रही है। फिर बेटी को अन्दर खींच ले जाने की नाकामयाब कोशिश। बेटी का चीख़ना, उसे दूर धकेलना—और ये सब तब होता है जब बारिश तूफ़ान में बदल जाती है।

[प्रतिभा प्रशंसा में ताली बजाती है।]

आख़िर में बेटी उसे धकेलकर भाग जाती है मानो बारिश में पिघल जाती है।

प्रतिभा : ए सुपर शॉट! एपिसोड के अन्त के लिए—उसका पिघल जाना।

रोहित : असल में, हमें राधाबाई के उस शॉट से ख़त्म करना चाहिए, जब वह मिट्टी में ढह जाती है, पुकारती हुई, फूट-फूटकर रोती हुई। बारिश उसकी आँखों पर पर्दा डाल देती है और दफ़न हो जाती हैं सारी पुकारें।

प्रतिभा : बिलकुल हो सकता है। इसके बारे में हम एडिटिंग टेबल पर तय कर सकते हैं। दोनों ही 'एंड' असरदार हो सकते हैं। यू नो, तुम्हारा स्ट्रांग प्वॉइंट ये है कि तुम लोअर मिडल क्लास को ख़ूब जानते हो—इनसाइड आउट!

रोहित : मैंने बताया तो था—वह हमारे लिए काम करती थी।

प्रतिभा : जब वो यह एपिसोड देखेगी, कोई आफ़त तो नहीं खड़ी कर देगी। 'रिएक्शन'!

रोहित : वह गाँव में रहती है। वहाँ टेलीविज़न हो या नहीं—लेकिन केबल ज़रूर नहीं होगा।

प्रतिभा : ओह! अब वह तुम्हारे माँ और पिताजी के यहाँ काम नहीं करती?

रोहित : मेरी बहन के यू.एस.ए. जाने के बाद मेरी माँ को डिप्रेशन हो गया था। फिर अप्पा गुज़र गए और घर में राधाबाई और माँ ही रह गईं। दोनों के लिए मुश्किल था। राधाबाई

ने और किसी के लिए काम करने से साफ़ इनकार कर दिया। भाई के यहाँ चली गई, दो साल पहले।

प्रतिभा : हाऊ सैड!

रोहित : कुछ पैसे बचा रखे थे उसने। शायद उसका भाई सब चट कर गया। सच कहूँ तो मुझे पता तक नहीं है कि वह ज़िन्दा है भी या नहीं।

प्रतिभा : हमारे सीरियल में बेटी यूँ ही ग़ायब हो जाएगी क्या, जिस तरह वह हक़ीक़त में हुई थी!

रोहित : नहीं-नहीं, यही तो 'सस्पेंस' होगा। हम उन दोनों को विंग्ज़ में रोक के रखेंगे बस। जब तक चाहें, हक़ीक़त राज़ बनी रहेगी।

प्रतिभा : एक्सलेंट! चलो, मुझे चलना चाहिए। अच्छा, तुम्हें और तुम्हारी बीवी को मेरे यहाँ खाने पर आना चाहिए।

रोहित : थैंक्स। दैट वुड बी लवली, पर तपस्या शहर में नहीं है। मायके गई है। बंगलौर लौटने में और दो महीने लगेंगे। हमारा बच्चा होने वाला है।

प्रतिभा : ओह! कांग्रेच्यूलेशंस! *(हँसकर हाथ मिलाती है)* कब गई?

रोहित : हैदराबाद के लिए रवाना हुई थी...अँ...कुछ दसेक दिन पहले। आठ तारीख़ को।

प्रतिभा : ओह! अभी-अभी गई—उससे मिलना रह गया व्हॉट अ पिटि! ख़ैर—

[विराम—रोहित को कुछ महसूस होता है]

रोहित : हाँ...क्या?

प्रतिभा : बात का बुरा मत मानना रोहित, मैं एक बात का खुलासा करना चाहती हूँ। मुझे तुम्हारा काम पसन्द है और अगर हमें साथ में काम करना है तो मैं ये चाहूँगी कि...

रोहित : क्या बात है? क्या चाहती हो?

प्रतिभा : मेरे स्टाफ में एक नई लड़की है। इज़बेल पिंटो *(विराम)* *(रोहित परेशान-सा)* तुम उसे जानते हो?

रोहित : हाँ, धारवाड़ में हम दोस्त हुआ करते थे।

प्रतिभा : उसने बताया मुझे। अच्छी लड़की है। होशियार। बहुत ही क़ाबिल। पर ज़रा सी नाज़ुक भी। *(विराम)* तुम तो बेशक जानते ही होगे कि उसके मन को गहरी चोट पहुँची थी।

रोहित : *(अपने बचाव में जैसे)* मैंने सुना था। मैं परदेस में था जब वो सब हुआ। ट्रेनिंग पर था मैं।

प्रतिभा : वो मेरे साथ छह महीने से है और मुझे पसन्द है। उसे खोना नहीं चाहती। ये तो यक़ीनन नहीं चाहती कि उसे कोई सदमा पहुँचे। बंगलौर में अकेली रहती है। मुझे उसकी फ़िक्र है।

[विराम—रोहित कुछ डरा हुआ-सा देखता है]

कह रही थी तुम उसे दो बार फ़ोन कर चुके हो—डिनर के लिए बुला चुके हो।

रोहित : मैंने कहा न! हम दोस्त हुआ करते थे—पुराने दोस्त हैं।

प्रतिभा : कहती है, उसने साफ़ ज़ाहिर किया था कि वो तुमसे मिलना नहीं चाहती। पर तुम...अब कैसे कहूँ—शायद ज़िद पर उतर आए तुम।

रोहित : *(ग़ुस्से में आकर)* प्रतिभा जी, क्या मैं जान सकता हूँ...

प्रतिभा : *(बड़ी मिठास के साथ)* जी नहीं—मुझे तुम भी बहुत अच्छे लगते हो। और मैं चाहती हूँ कि तुम्हारे साथ आगे भी काम करूँ। तभी तो...

रोहित : ठीक है। हमारी लगभग सगाई हो चुकी थी और अचानक उसने रिश्ता तोड़ दिया।

प्रतिभा : वह तो समझती है कि तुमने उसे धोखा दिया था। तुम्हारे होनेवाले ससुर ने तुम्हें परदेस भेज दिया और वो कहीं की नहीं रही।

रोहित : वो सब तो बाद में हुआ था। सच तो ये है कि जब विदुला यू.एस. जा रही थी तो मैं बंगलौर आया था उसे विदा करने।

...इज़बेल ने मुझे फ़ोन किया था। ग़ुस्से में थी कि हम उस गेस्ट हाउस में ठहरे हैं जो तपस्या के डैड का था।

प्रतिभा : रोहित, रोहित! मैं गड़े मुर्दे उखाड़ना नहीं चाहती। बीती से मेरा क्या लेना-देना?

रोहित : तो ये तहक़ीक़ात क्यों?

प्रतिभा : नहीं-नहीं। सिर्फ़ दरख़्वास्त है, क्योंकि तुम्हें वकीलों की भाषा अच्छी लगती है। इज़बेल मेरे पास छह महीने पहले आई। तुम्हें ये शुरू से ही मालूम था। है न?

रोहित : हाँ, मालूम था।

प्रतिभा : और फिर भी तुमने उसे सिर्फ़ दस दिन पहले फ़ोन किया?

रोहित : मैं उससे बात करना चाहता था, यू नो, ताकि कोई मन-मुटाव हो तो मिट जाए।

प्रतिभा : तुमने इज़बेल को फ़ोन करके अपने घर दावत पर बुलाया—जिस दिन तुम्हारी बीवी हैदराबाद के लिए रवाना हुई! तुमने इस बात का ज़िक्र तक नहीं किया कि घर में तुम अकेले थे। पर उसने ये बात भाँप ली। कहती है, तुम्हें अच्छी तरह से जानती है। तुमने दुबारा उससे पूछा। दस दिन में दो-दो बार। उसके मना करने के बावजूद। अब वह इस सबसे क्या समझेगी?

तुम ख़ूब जानते हो कि फिलहाल उसका क्या हाल है, तुम उसका पूरा फ़ायदा उठा सकते हो। उसे ठेस नहीं पहुँचेगी?

रोहित : तो अपनी बीवी की मौजूदगी में बुलाना चाहिए क्या हमारे बीते रिश्ते के बारे में बातें करने के लिए?

[प्रतिभा अपना हैंडबैग उठाती है]

प्रतिभा : रोहित, मेरी उम्र है पैंतालीस साल। ओडिशा की हूँ। बेंगलुरू आई—अपनी कोई वजह थी इसलिए—कारोबार शुरू किया। तीन साल पहले, अपने से तेरह साल बड़े शख़्स से शादी की मैंने। मुसलमान है। मैंने उससे तब शादी की जब कि मुसलमानों के ख़िलाफ़ दंगा-फ़साद ज़ोरों से जारी था। क्योंकि उसने मुझे प्यार और सहारा दोनों दिए—मैं महफ़ूज़ हो गई। *(विराम)* किसी इनसान को कैसे-कैसे सताया जा सकता है—ऐसी कोई चीज़ नहीं जो मैं नहीं जानती। *(अचानक मुस्कुराना)* तपस्या जब लौट आए तो मुझे बता देना। तुम दोनों मेरे घर आना इरफ़ान और मेरे साथ खाना खाने। ओके, बाय। और हाँ, बच्चे को भी साथ ले आना। प्लीज़, इरफ़ान को बच्चे बहुत पसन्द हैं। *(निकल जाती है—लम्बा विराम)*

रोहित : बिच!

[दृश्य-5 समाप्त]

दृश्य-6

[इंटरनेट कै.फे में एक छोटा-सा अँधेरा कमरा। एक बेहतरीन कम्प्यूटर जिसके साथ कई सोफ़िस्टिकेटेड अकूस्टिक चीज़ें लगी हुई हैं, प्राइवेट व्यूइंग के लिए। एक अटेंडेंट पहले प्रवेश करता है, उसके पीछे-पीछे विदुला अन्दर आती है।]

अटेंडेंट : काफ़ी दिनों से नज़र नहीं आए। बिज़ी?

विदुला : हाँ।

अटेंडेंट : शायद शॉपिंग की वजह से मैम।

विदुला : हाँ, शॉपिंग ख़तम ही नहीं होता!

अटेंडेंट : आपने मुझे कार्ड नहीं भेजा मैडम?

विदुला : मिल जाएगा, फ़िक्र मत करो। तुम्हें कोई कैसे भूल सकता है?

अटेंडेंट : ओह, आपको बताऊँ तो दंग रह जाएँगी। आप नहीं जानतीं कितने लोग अपना जीवन साथी ढूँढ़ने के लिए हमारे सायबर कैफ़े का इस्तेमाल करते हैं। और जब शादी का वक़्त आता है तो हमारी उनको याद ही नहीं आती!

विदुला : मैं नहीं भूलूँगी, प्रॉमिस। कार्ड की छपाई हो रही है। फ़िक्र मत करो—मेरी लिस्ट में तुम्हारा नाम सबसे पहले है।

[अब तक अटेंडेंट ने कम्प्यूटर चालू कर लिया है]

अटेंडेंट : मैं उसका इन्तज़ार करूँगा। लीजिए...सब कुछ तैयार है आपके लिए...और कुछ?

विदुला : नहीं शुक्रिया। बाहर जाते हुए, बत्ती बुझा देना, प्लीज़। *(अटेंडेंट बत्तियाँ बुझा देता है, विदुला को अँधेरे में छोड़ चला जाता है। वह कम्प्यूटर चलाती है। मर्दाना आवाज़ सुनाई देती है। लहजा—विदेशी है पर ज़रूरी नहीं कि पश्चिमी हो।)*

विदुला : पासवर्ड, प्लीज़।

आवाज़ : द बैटरिंग रैम। और ये है मेरी प्यारी कम्बस्टिबल सुलगती सती।

विदुला : *(हँसती हुई)* तुम्हें मेरे पासवर्ड देने तक तो रुकना चाहिए।

आवाज़ : इसकी कोई ज़रूरत नहीं, लव। मैं अपनी डार्लिंग देसी मोरनी की आवाज़ पहचानता हूँ। इसी की राह देखता हूँ—बेताबी से।

विदुला : कभी-कभी सोचती हूँ कि मैं तुम्हें अपना सरकमसाइज़्ड रैम बुलाऊँ तो?

आवाज़ : तुम चाहो तो यही सही। अब से पासवर्ड भी यही।

विदुला : सॉरी, माय डार्लिंग बैटरिंग, सरकमसाइज़्ड रैम। पर अब शायद फिर न मिलें। मैं बाय कहने के लिए आई हूँ।

आवाज़ : नो! ऐसा न कहो बेबी। मुझे तुम्हारी लत लग चुकी है। आय एम एडिक्टेड!

विदुला : और कोई चारा नहीं है। मैं जा रही हूँ।

आवाज़ : आजकल टिम्बकटू में भी कम्प्यूटर होते हैं।

विदुला : जानती हूँ।

आवाज़ : तो बाय क्यों कह रही हो?

विदुला : मैं बिक चुकी हूँ।

आवाज़ : तुम क्या हो चुकी हो?

विदुला : बिक चुकी हूँ। मैंने तुम्हें बताया था न मैं रखैल हूँ—एक सौदागर की रखैल। मैं उसकी माशूक़ा हूँ। मुझे रखनेवाला मुझसे उम्र में काफ़ी बड़ा है।

आवाज़ : हाँ, तुमने मुझसे ऐसा कुछ कहा तो था! पर मुझे लगा तुम मेरी टाँग खींच रही हो।

विदुला : अब तो टाँग नहीं खींच रही!

आवाज़ : तो?

विदुला : वो मर रहा है। कल रात दिल का दौरा पड़ा था, हार्ट अटैक आई.सी.यू. में है। कल सुबह तक जान निकल जाए, शायद, उसके घरवाले मुझे बेघर ज़रूर कर देंगे। इसलिए इस बीच एक नया मालिक ढूँढ़ना पड़ा—उससे कम उम्र का आदमी मिल गया। यू.एस. में रहता है। मेरे घरवालों को भी अच्छी रक़म दी है। अब वो मेरे साथ कुछ भी कर सकता है। मेरी जान उसके हवाले है अब।

आवाज़ : मुझे अपना नाम और पता बता दो—मैं आकर तुम्हें ख़रीद लेता हूँ।

विदुला : शुक्रिया दोस्त! मैं जानती थी तुम ऐसा ही कहोगे। पर मैं अपनी क़समों से बँधी हुई हूँ। नाम नहीं बता सकती तुम तो ये जानते हो।

आवाज़ : जीज़ज़! इंडिया में अब भी ये सब होता है? कैसा देश है ये!

विदुला : क्या हम आज का सारा दिन देश की शिकायत में गुज़ारने वाले हैं?

आवाज़ : ओह नो! मैं तुमसे बहुत-कुछ करना चाहता हूँ। तुमने मुझसे इन्तज़ार करवाया तीन दिन। अब मैं तुम्हें आसानी से जाने नहीं दूँगा।

विदुला : मत जाने दो। इसलिए तो यहाँ हूँ, जानम! आज क्या करने का इरादा है?

आवाज़ : पहले तो तुम्हारे कपड़े हटाऊँगा और फिर तुम्हारे नंगे जिस्म का मज़ा लूँगा—आय विल रेप यू।

विदुला : हाये, अब मैं और इन्तज़ार नहीं कर सकती...बिलकुल नहीं कर सकती।

आवाज़ : पर इस बार...बात यहीं तक आकर नहीं रुकेगी। मैं तुम्हारी जान ले लूँगा और टुकड़े-टुकड़े करके रख दूँगा।

विदुला : ऊ! इसे कहते हैं ख़ुदाई! मैं तुम्हारी हूँ।

आवाज़ : बोटी-बोटी कर दूँगा।

विदुला : हाँ, मेरी जान! हाँ।

आवाज़ : ओह गॉड! ये होगी न कुछ बात! मुझसे भी अब रहा नहीं जा रहा।

विदुला : तो अपने आपको रोको मत...मैं तुम्हारी हूँ...पूरी तरह से तुम्हारी।

आवाज़ : गुड। अपनी शॉल उतारो।

[निम्नलिखित संवाद के दौरान विदुला अपने बदन पर से एक भी कपड़ा नहीं उतारती]

विदुला : अच्छा, ठीक है।

आवाज़ : अब अपने ब्लाउज़ के बटन खोलो।

विदुला : ब्लाउज़ नहीं। इसे कमीज़ कहते हैं।

आवाज़ : आय डोंट केयर। उतार दो इसे।

विदुला : *(काफ़ी देर बाद)* उतार दिया।

आवाज़ : अब ब्रा उतारो।

विदुला : अच्छा रुको।

आवाज़ : *(उतावलापन है आवाज़ में)* ब्रा *(विराम)* उतारा या नहीं?

विदुला : *(मानो तकलीफ़ उठा रही हो)* रुको। हुक पीछे है, अटक गया है।

आवाज़ : फूहड़ कहीं की! जल्दी कर...मैं तो कब से...

विदुला : हो गया। हो गया।

आवाज़ : उतार दिया या नहीं?

विदुला : हाँ! हाँ!

आवाज़ : सीना खुला है न बेबी?

विदुला : हाँ।

आवाज़ : मेरे लिए सीना सहला लो।

विदुला : *(बग़ैर हिले)* अहँ...।

आवाज़ : बायाँ स्तन पहले, फिर दायाँ—इसे कहीं अपने छोटेपन का एहसास न हो जाए।

विदुला : *(हँसती हुई)* तुम तो मेरे रोम-रोम से वाक़िफ़ हो! मेरे बारे में ऐसी कोई चीज़ नहीं जो तुम नहीं जानते।

आवाज़ : बिलकुल—यू वेट! क्या तुम उन्हें सहला रही हो?

विदुला : हाँ *(कराहने की आवाज़ बनाती है।)* दोनों ख़ुश हैं।

आवाज़ : अब अपना स्कर्ट उतारो।

विदुला : स्कर्ट नहीं—ट्राउज़र्स, सलवार।

आवाज़ : ए काली, कलूटी, बक-बक बन्द कर। उतार दे बस।

विदुला : उतार दिया हुज़ूर!

आवाज़ : तुम्हारे ट्राउज़र्स अब कहाँ हैं?

विदुला : मेरे पाँव में पड़े हैं।

आवाज़ : तुमने अन्दर क्या पहना है? तुम्हारी काली और सफ़ेद लेसवाली मिनी?

विदुला : ओह! नहीं, आज नहीं। आज तुम्हारे लिए कुछ ख़ास लाई हूँ।

आवाज़ : सच? क्या? बताओ तो! मेरी जान निकली जा रही है यहाँ।

विदुला : बैंगनी रंग के थोंग्स। सिर्फ़ तुम्हारे लिए।

आवाज : पर्पल! गुड! उतार दो इसे भी।

विदुला : जो हुकुम सरकार!

आवाज़ : अब क्या तुम नंगी हो?

विदुला : हाँ।

आवाज़ : बिलकुल नंगी?

विदुला : हाँ-हाँ—अब तुम्हारी बारी है।

आवाज़ : तो हो जाए, बेबी डॉल।

[दरवाज़े के बाहर अचानक हलचल मचती है। ज़ोर से टकराने, खटखटाने की आवाज़]

विदुला : हेल्! ओ हेल्! मारे गए?

आवाज़ : क्या बात है, डार्लिंग!

विदुला : शिट्!

[कम्प्यूटर बन्द कर देती है—उसी वक़्त अटेंडेंट दो नौजवानों के साथ बहस करता हुआ अन्दर आता है। नौजवान भगवे रंग के कमरबन्द पहने हुए हैं। माथे पर तिलक लगाए हुए]

अटेंडेंट : आप लोग यहाँ नहीं आ सकते। आपको कोई हक़ नहीं।

युवक-1 : रोक के देख बे!

युवक-2 : यहाँ क्या हो रहा है?

युवक-1 : यहाँ चल क्या रहा है?
अँधेरा क्यों है इधर? बत्ती जला बे!

अटेंडेंट : *(कुछ वक़्त ज़ाया करने की कोशिश करता है इस डर से कि कहीं उसका ग्राहक नंगा न हो)* तुम्हें कोई हक़ नहीं। निकलो यहाँ से।

युवक-2 : लाइट कहाँ है?

[लाइट ऑन करता है। अटेंडेंट की जान में जान आती है, जब वह विदुला को कपड़े पहने हुए पाता है। फिर उसे और भी जोश आ जाता है]

अटेंडेंट : सुनो, यह सायबर कैफ़े है। तुम्हें कोई हक़ नहीं।

युवक-1 : यह औरत यहाँ क्या कर रही है? *(विदुला जो एक कोने में सहमकर बैठ गई है)* तुम यहाँ क्या कर रही हो?

अटेंडेंट : यह मेरी कस्टमर है। इसने यहाँ गेम्स खेलने के पैसे दिए हैं।

युवक-1 : गेम्स? कैसे गेम्स?

अटेंडेंट : वीडियो गेम्स।

युवक-2 : ऐसे छोटे-से कमरे में? हाह!

युवक-1 : वीडियो गेम्स के लिए तो तुमने बाहर क्यूबिकल्ज़ बनाएँ हैं।

युवक-2 : इसको वीडियो गेम्स के लिए स्पेशल कमरे की क्या ज़रूरत?

युवक-1 : मैंने इसको अन्दर घुसते देखते ही समझ लिया था कि दाल में कुछ काला है। ये तो पक्का सड़ा हुआ चूहा है! *(विदुला से)* तू पोरनो फ़िल्म्स देख रही है न? है कि नहीं?

युवक-2 : अबे हरामज़ादे! हिन्दू औरत को पोरनो फ़िल्में दिखाता है? अश्लील फ़िल्में, क्यों?

अटेंडेंट : मैंने बोला न, वह वीडियो गेम्स खेलती है। हमारा कैफ़े कोई ऐसा-वैसा नहीं है। लाइसेंस है हमारे पास।

युवक-1 : चलो, इसकी तस्वीर ले लेते हैं। सबूत की ज़रूरत होगी कि वह इस कमरे में थी।

युवक-2 : बिलकुल।

अटेंडेंट : नहीं-नहीं, तुम यहाँ फ़ोटो-वोटो नहीं खींच सकते!

युवक-2 : हाह! हाह! छायांकन मना है। क्यों भई? यह कोई हवाईअड्डा है क्या?

युवक-1 : कैमरा निकाल रे। *(विदुला से)* श्रीमतीजी, आप हिन्दू स्त्री हैं। हमारी भारतीय संस्कृति पर कलंक है तू—चल इधर आ—खड़ी हो जा। कम्प्यूटर के पास।

[विदुला अपनी जगह से नहीं हिलती, युवक-1 दीवारों को टटोलते हुए स्विच ढूँढ़ लेता है। सारी बत्तियाँ जला देता है। युवक-2 अपना

कैमरा निकालकर विदुला की तस्वीर खींचने वाला ही है कि अचानक चौंककर पीछे हटता है।]

युवक-2 : तुम?

युवक-1 : तू इसे जानता है?

युवक-2 : इसके भाई को जानता हूँ। हमारी ज़ात की है।

युवक-1 : तेरा नाम क्या है?

युवक-2 : सुन, यह अपनी छोरी है।

युवक-1 : अपनी मतलब?

युवक-2 : अपनी बिरादरी की है।

युवक-1 : तो क्या?

युवक-2 : देख—एक बार इसे जाने देते हैं।

युवक-1 : क्यों जाने दें? सिर्फ़ इसलिए कि यह तेरी ज़ातवाली है?

युवक-2 : कल कुछ अख़बार में छपकर आया तो मैं अपनी ज़ातवालों को मुँह नहीं दिखा पाऊँगा।

युवक-1 : क्या ऊटपटाँग बात कर रहा है! इतने दिनों इस पर नज़र रखने के बाद अब इसे पकड़ा है, वो भी रँगे हाथ, और तू अपने ज़ात की बक-बक कर रहा है।

युवक-2 : सॉरी, पर महादेवप्पा तुम तो जानते हो न, प्लीज़!

युवक-1 : तू क्या बक रहा है, मैं नहीं जानता। हमको अपनी पूरी संस्कृति के बारे में सोचना चाहिए—टोटल! सिर्फ़ तेरी या मेरी ज़ात नहीं।

मुझे ज़ात-पाँत से कोई लेना-देना नहीं। अच्छा—सुनिए श्रीमतीजी! बड़ी भाग्यवान हैं आप कि आज यह हमारे साथ है, इसलिए जाने देते हैं। पर फिर कभी इधर नज़र नहीं आना। इधर और क्या-क्या चलता है हम सब जानते हैं।

युवक-2 : और मैं तुम्हारे भाई को नहीं बताऊँगा। अब जाओ। फिर कभी ऐसी ग़लती मत करना। हम इस अटेंडेंट को सँभाल लेंगे।

विदुला : *(धीमी आवाज़ में)* अरे जा— व्हाय डोंट यू जस्ट फ़क ऑफ़?

[दोनों युवक दंग रह जाते हैं—लम्बी साँस लेते हैं]

युवक-1 : सुना? उसने क्या कहा, सुना? और तू तो कह रहा है तेरी ज़ातवाली है!

विदुला : *(आवाज़ उठाती हुई)* मैंने कम्प्यूटर टाइम के लिए पैसे भरे हैं। इसलिए भरे हैं कि मुझे इस कमरे में अकेला छोड़ दिया जाए। ताकि काम कर सकूँ बग़ैर किसी खिटपिट के। तुम्हें यहाँ आने का हक़ किसने दिया? ...यहाँ मुझे जो चाहिए, मैं करूँगी। मेरी मर्ज़ी! तुम कौन होते हो मुझसे पूछनेवाले?

युवक-1 : हम अपनी परम्परा के रखवाले होने की हैसियत से, हमारे भारतीय सनातन संस्कृति...

विदुला : तुम्हें कोई हक़ नहीं है समझे! यू हैव नो फ़किंग राइट! मुझे इस तरह हैरस करने का, यू हैव नो ब्लडी राइट!

युवक-1 : ए! ए! मैडम! ज़बान सँभाल के। अपने साथ ये फ़क-बक और ब्लडी-वडी नहीं बोलने का।

विदुला : मेरे जो जी में आएगा बोलूँगी। तुम लोग यहाँ क्यों आए हो? *(दिमाग़ में एक नया ख़याल आता है)* मेरी इज्ज़त लूटने आए हो? रेप करोगे। मुझ पे वार करोगे? *(चीख़ती हुई)* फ़किंग रेपिस्ट्स...बलात्कार करोगे!

अटेंडेंट : आराम से मैडम...सँभाल के।

विदुला : तुमने अपनी आँखों से देखा। मेरा दुपट्टा खींच लिया— तुमने अभी-अभी देखा—मेरी इज़्ज़त लूटने की कोशिश की! हरामज़ादे! मैं तो बाहर के क्यूबिकल्स में खेल रही थी। मुझे यहाँ खींचकर ले आए। कपड़े फाड़ दिए! बचाओ! बचाओ! हेल्प!

युवक-1 : *(घबराकर)* ज़रा, ज़रा सुनो।

युवक-2 : तुम क्या समझती हो? मैं अपनी ज़ात की लड़की की इज़्ज़त लूटूँगा?

विदुला : *(अटेंडेंट से)* पुलिस को बुलाइए प्लीज़। मेरे चाचा, रामदास नाडकर्णी, पुलिस कमिश्नर हैं। तुम अब पुलिस को बुलाते हो या मैं बुलाऊँ? इन सूअरों को मैं दिखाती हूँ। सोचते हैं दिनदहाड़े औरत पर धावा बोल देंगे और कुछ होगा ही नहीं।

[अपना मोबाइल निकालती है।]

अटेंडेंट : मैडम, मैडम! पुलिस को फ़ोन...नहीं प्लीज़। मैं सँभाल लूँगा—तुम दोनों दफ़ा होते हो या नहीं?

विदुला : *(चीख़ती हुई)* यू बुल शिटर्स! गेट आउट ऑफ हीयर! इफ़ यू डोंट फ़क ऑफ दिस मिनट...

युवक-1 : ए! अंग्रेज़ी में धमकी दे रही है क्या? मैं नहीं डरता, समझी...

[पर वह बाक़ी के दो युवकों को अपने आपको घसीटने देता है।]

युवक-2 : मुझे पता ही नहीं था कि मेरे ज़ात की लड़की इतनी बेशर्म हो सकती है।

[वे निकल जाते हैं। विदुला रो पड़ती है। अटेंडेंट वापस आता है।]

अटेंडेंट : आप बुरा मत मानिए मैडम!

बात तो करते हैं संस्कृति की पर इनके पास भी पैसा बोलता है। हफ़्ता देता हूँ इनको—पर जब पैसे कम पड़ते हैं, इनमें फूट पड़ जाती है। नई टोली बन जाती है। मैं आपके लिए चाय लाऊँ? अपने आपको सँभालिए मैडम! मैं आपके लिए कनेक्शन फिर लगवा दूँ?

[विदुला तेज़ी से बाहर निकल जाती है]

[दृश्य-6 समाप्त]

दृश्य-7

[माँ और पिताजी लिविंग रूम में हैं। पिताजी कुछ पुरानी फ़ाइलों को खोल-खोलकर देख रहे हैं। माँ कुशन कवर बदल रही है, सोफ़ा को ठीक-ठाक कर रही है, लेकिन मन चल-विचल है। पिताजी नज़र उठाते हैं।]

पिताजी : लड़का हमसे मिलने आएगा आज?

माँ : कौन?

पिताजी : वही अमेरिका वाला।

माँ : अश्विन? बिलकुल नहीं। नहीं तो।

पिताजी : तो फिर कौन आ रहा है?

माँ : कोई भी तो नहीं।

पिताजी : तो तुम कुशन कवर बदल क्यों रही हो? सुबह से ये तीसरा सेट है।

माँ : कोई नहीं आ रहा। मैं...मुझे...पता नहीं...और करूँ भी क्या?

पिताजी : ऐसा तो पहले कभी नहीं हुआ!

माँ : जी घबरा रहा है। विदु वहाँ उस अजनबी के साथ—बिलकुल अकेली। उसका चंचल मन—हमेशा डरी-डरी। न जाने उसे इतना क्यों...

पिताजी : कारण है हेमा। वो तो शुरू से ही हौसलेमन्द थी। ऑलवेज़ कॉन्फ़िडेंट। और उसके ठीक विपरीत विदु ने अपनी छवि बनाई। बच्चे आपस में ऐंचातानी करके,

एक–दूसरे के विरुद्ध अपनी सीमा बाँधते हैं, अपनी शख़्सियत बनाते हैं। वो बड़े होकर आपा सँभाल भी लेते हैं। उस प्रक्रिया में हम माँ–बाप से कोई फ़र्क़ नहीं पड़ता।

माँ : काश, मैं जानती कि वहाँ क्या हो रहा है...

पिताजी : हो क्या हो सकता है? सबसे बुरा क्या हो सकता है? या तो वो ना कहेगा या फिर ये ना करेगी।

माँ : या दोनों ही हाँ कर दें शायद।

[पिताजी को अचानक फ़ाइल में एक काग़ज़ मिलता है। सन्तुष्ट होकर उसे देखते हैं।]

पिताजी : लो! मिल गया। जाता कहाँ? कहीं न कहीं तो होता ही। मुझे मालूम था, रामदास मुझे कभी धोखा नहीं देगा।

[रामदास का नाम सुनते ही माँ की प्रतिक्रिया होती है]

माँ : वो क्या है?

पिताजी : हेमा की शादी पर जो ख़र्च हुआ, उसका हिसाब।

माँ : हेमा की शादी का?

पिताजी : ये विवाद मैं अब ख़त्म करके ही रहूँगा। ये लो...

माँ : शादी के ख़र्च की बात करेंगे? अभी?

पिताजी : *(प्रतिरक्षात्मक ढंग से)* इस बार तो उसने हद कर दी। कान पक गए मेरे। थक गया हूँ उसके ताने सुन–सुनकर कि हमने फूटी कौड़ी तक ख़र्च नहीं की उसकी शादी में।

माँ : हम सब पागल हो गए हैं क्या? पन्द्रह साल पुराना हिसाब–किताब खोल रहे हैं, उखाड़–उखाड़कर।

पिताजी : उखाड़ना चाहता तो नहीं था। पर वो भी तो बाज़ नहीं आती। उलटी–सीधी सुनाती रहती है...

माँ : कहने दो उसे। काफ़ी सहा है उसने और हमने भी। अब जाने भी दीजिए...

पिताजी : *(मन्द स्वर में)* तुम नहीं चाहती कि मैं कुछ कहूँ तो ठीक है...फिर भी इसे एक मिनट देख तो लो! हिसाब-किताब के मामले में रामदास का जवाब नहीं। तिल-तिल का हिसाब रखा है उसने।

माँ : *(क्रुद्ध होकर)* बहुत हो गया बखान आपके रामदास का! अब बस भी कीजिए। रामदास ये...रामदास वो... फूटे भाग मेरे जो मैंने उसे देखा।

पिताजी : *(चौंककर)* अरे! मैंने ऐसा क्या कह दिया? मैं तो...मैं...

माँ : उसी का नाम जपते रहते हैं आप। जब देखो रामदास, रामदास। रट लगाए रहते हैं अपने बन्धुप्रेम की। उसका बेड़ा पार करने की, लेकिन वो आपके बारे में क्या सोचता था, क्या आपको कभी ये ख़याल भी आया है? नफ़रत थी उसको आपसे...कृतघ्न था...जलता था वो...

पिताजी : *(शान्त स्वर में)* जानता हूँ।

[उनके शान्त स्वर से माँ चौंक जाती है]

मुझे मालूम था। जानता था मैं। ठीक है?

माँ : आप जानते थे?

पिताजी : हाँ। पर उस बेचारे को सफलता कभी नसीब ही न हुई। वो मुझसे कहीं ज़्यादा होशियार था। सुन्दर था। स्मार्ट भी। मिट्टी को छूता तो सोना बन जाती। मैं ठहरा मेहनती कोल्हू का बैल। वो मुझे बहुत क़ाबिल भी नहीं समझता था। पर तुम जानती हो...

[माँ उनके और कुछ कहने का इन्तज़ार करती है। निम्नलिखित संवाद में वो स्पष्ट रूप से शर्मिन्दा लगते हैं]

सफलता का वो हक़दार था मुझसे कहीं ज़्यादा। पर करें क्या? मैं क्या कर सकता था? उसे बेघर तो नहीं छोड़ सकता था न! आख़िर वो मेरा भाई था, उसे सहारा कैसे न देता?

[अचानक]

अब तुम ये सब क्यों उखाड़ रही हो?

[सुनते हुए माँ के चेहरे पर नमी छा जाती है]

माँ : जी उलझ गया है, *(क्या करूँ?)*

[फ़ोन बजता है। वो जाकर फ़ोन उठाती है]

हेलो...रोहित घर पर नहीं है...मैं उसकी माँ बोल रही हूँ... आप उसके मोबाइल पर ट्राई कर सकते हैं। आपके पास रोहित का नम्बर है? ...वो किसी मीटिंग में है। एक घंटे बाद ट्राई कीजिए।

[रिसीवर रख देती है]

उसका मोबाइल अभी तक 'स्विच्ड ऑफ़' क्यों है? कहीं वो अभी तक रेस्टोरेंट में तो नहीं! मैंने हेमा और रोहित से कहा था। साफ़-साफ़ कहा था। वातावरण सही हो जाने तक वहीं रुके रहो। वो एक-दूसरे से बात करने लगें तभी अकेला छोड़ो उन्हें!

[विराम]

हेमा समझदार है, निपुण भी। इतना तो उसे पता होगा, कैसे और कब निकल लेना चाहिए।

पिताजी : फ़ोन पे कौन था?

माँ : बंगलौर से फ़ोन था। जॉब ऑफ़र। आज ये तीसरी बार फ़ोन आया। वो चाहते हैं कि वो फ़ौरन जॉइन कर ले।

पिताजी : अरे वाह! ये तो बहुत अच्छा हुआ।

माँ : अच्छा तो है लेकिन नौकरी तो बंगलौर में है।

पिताजी : समझता हूँ। उस जैसे होनहार लड़के का धारवाड़ में आख़िर क्या भविष्य होगा?

माँ : *(शान्त स्वर में पर ठोस रूप से)* और हम क्या करें? बोरिया-बिस्तर बाँधकर उसके साथ बंगलौर शिफ़्ट हो जाएँ?

(पिताजी उसकी बात की गहराई को महसूस कर रहे हैं। उस दौरान एक विराम) मैं बंगलौर नहीं जाऊँगी। शिफ़्ट नहीं करूँगी।

[लम्बा विराम]

शिफ़्टिंग से जी ऊब गया है मेरा।

पिताजी : पर उसकी नौकरी अगर यहाँ धारवाड़ में ही होती, क्या तब भी वो चाहता कि हम उसके साथ रहें?

माँ : सच कहूँ? बहू हमें उनके साथ रहने को बुलाए, तो भी मैं नहीं जाऊँगी। इस जनम में जितने रोते-चीख़ते बच्चों को पालना-पोसना था, जितने पोतड़े और कूल्हे धोने थे, वो सब कर लिया। अब और नहीं।

पिताजी : *(मुस्कुराते हैं)* मुझे याद है, एक दिन तुम उसे दूध पिला रही थीं या नहला रही थीं या ऐसा ही कुछ कर रही थीं और विदु बिलख-बिलखकर रोए जा रही थी। मैं वहाँ से गुज़र रहा था और मैंने गहरी आवाज़ में कहा, 'कौन रो रहा है? कौन है वो?' विदु ने मुड़कर मेरी ओर देखा और मुँह पर बड़ी मुस्कान लाकर उसने कहा, 'मैं हूँ, अप्पा,' और फिर से ज़ोर-ज़ोर से रोना शुरू किया।

[दोनों हँसते हैं। राधाबाई ट्रे हाथ में लिये आती है। माँ को एक कप चाय देती है और फिर एक कप पिताजी को।]

राधाबाई : अम्मा, आपकी चाय। और अप्पा, आपके लिए हॉरलिक्स। अम्मा, आपने याद दिलाने को कहा था। रोहित को दो किलो आटा लाने को बोलना है। एक पैकेट बल्ब और दो नारियल भी।

माँ : हाँ, मैंने हेमा से कह दिया है।

[राधाबाई अन्दर जाती है]

जब भी हमारा ट्रांसफ़र होता था और हमें घर छोड़ना पड़ता, विदु ज़िद करती कि मैं गोद में उठाकर उसे पूरे घर की सैर कराऊँ। फिर वो घर के हर लाइट-बल्ब को टा-टा करती। किचन के बल्ब को 'टा-टा बल्ब'। फिर बाथरूम के बल्ब को 'टा-टा बल्ब'। फिर गैरेज के बल्ब को 'टा-टा बल्ब'। हर बल्ब को टा-टा। हर छह महीने। अपना सारा बचपन बत्तियों को टा-टा करते बिताया मेरी बच्ची ने!

[आँखों में आँसू भर आते हैं]

पिताजी : *(चिढ़कर)* तो ऐसा कौन-सा पहाड़ टूट पड़ा? ट्रांसफर जब होता है, हर सरकारी नौकर को नई जगह में शिफ़्ट होना ही पड़ता है। यही सिस्टम है। सभी को यही करना-सहना पड़ता है। सिर्फ़ हमको ही नहीं।

माँ : नहीं। लेकिन आपको सर्विस में रहना ही चाहिए, ऐसा भी तो नहीं था। इस्तीफा दे देते, अपनी ज़िन्दगी बेहतर बनाते। कहीं बेहतर। सब लोग कहते थे आप अपने काम में अव्वल थे। कितने अच्छे थे!

पिताजी : हाँ-हाँ, जानता हूँ। जानता हूँ मैं। अच्छा था मैं अपने काम में। तो?

माँ : हुबली में, आपसे कितनी मिन्नत की। इस्तीफ़ा दे दीजिए और अपनी प्राइवेट प्रैक्टिस शुरू कर लीजिए। कितना नाम कमाया था आपने वहाँ...

पिताजी : *(परेशान होकर)* तुम्हारा मतलब है, हमारे तीन-तीन बच्चे होने के बाद भी मुझे नौकरी से इस्तीफ़ा देना चाहिए था? मेरी मत मारी गई थी क्या जो परिवार समेत दर-बदर ठोकरें खाता फिरता? तुम सबको फुटपाथ के हवाले करता क्या?

माँ : दर-बदर? फुटपाथ? उस डॉक्टर शानबाग ने इस्तीफ़ा दे दिया। ख़ुशामद कर रहा था वो आपकी कि आप उसके पार्टनर बन जाएँ। अब उसका अपना दो मंज़िला अस्पताल है और आलीशान मकान भी। लेकिन आपको कोई जोखिम उठाना ही नहीं था न। डर के मारे नौकरी में ही रहे। हम विदु को खामखाह दोष देते हैं, लेकिन वो भी आप पर ही तो गई है।

पिताजी : यानी इसमें भी ग़लती मेरी ही...

माँ : चालीस साल ख़ून-पसीना एक किया और कमाया क्या? अपना मकान तक नहीं है हमारे पास।

पिताजी : *(ग़ुस्सा होकर)* अगर तुम्हें मकान की इतनी ही पड़ी है, तो मैं हेमा से कह दूँगा। वो कहती है कि वो ये मकान हमें ख़रीद देगी।

माँ : हरगिज़ नहीं। एक अनाथ की तरह हमेशा उसे कभी मौसी के घर तो कभी किसी चाची के यहाँ भेजते रहे। शादी हुई तो उसे ख़ाली हाथ भेज दिया...और अब...

पिताजी : *(चिल्लाते हैं)* बस! मैंने कहा बस करो! बहुत हो गया। अब मैं और कुछ भी सुनना नहीं चाहता। सारी ज़िन्दगी तुम लोगों के लिए सुबह-शाम खटता रहा, परिवार के लिए दिन-रात मेहनत करते-करते उँगलियाँ घिस गईं, अब बदले में तुम लोगों से ये मिलता है मुझे? ये है तुम्हारी कृतज्ञता? ये तो...

[हेमा प्रवेश करती है। उसे देखते ही पिताजी अचानक चुप हो जाते हैं]

हेमा : ये क्या ? हो क्या रहा है ?

पिताजी : कुछ नहीं। सब कुछ शान्त है। चैन है। शादी के चालीस साल बाद कहने–सुनने को बचता ही क्या है ?

माँ : क्यों ? क्या हुआ हेमा ?

[राधाबाई हेमा के अन्दर आने की आवाज़ सुनकर, समाचार सुनने जल्दी–जल्दी बाहर आती है।]

हेमा : सब कुछ बिलकुल ठीक है अम्मा। रोहित और मैं उनके साथ कुछ देर बैठे रहे। फिर निकल गए।

माँ : वो कैसा है ?

हेमा : अश्विन को तुमने वीडियोज़ में देखा तो है। बिलकुल वैसा ही है। शायद उससे भी सुन्दर। मिलनसार।

पिताजी : भगवान का शुकर है ! अब हम चैन से बैठ सकते हैं— कुशन कवर्स को छुट्टी दे सकते हैं।

[माँ, वाकई चैन पाकर, भगवान को चुपचाप नमस्कार करती है।]

हेमा : अब उनके बीच जो भी होगा, उसी से पता चलेगा। बात बनेगी या बिगड़ जाएगी।

राधाबाई : भगवान की कृपा है। मैंने कहा था न, सब कुछ ठीक ही होगा ?

हेमा : *(सामान निकालती है)* हाँ। ये लो। राधाबाई, आपका सामान...आटा...नारियल। माँ, बल्ब।

माँ : चलो, अच्छा किया बल्ब्स ले आई। राधाबाई, मुझे सीढ़ी लाकर देना तो !

[राधाबाई अन्दर जाती है। माँ विदु के कमरे की ओर जाती है]

माँ : विदु के कमरे में नया बल्ब लगाना है।

हेमा : रोहित टैक्सीवाले को पैसे देकर आता ही होगा। उसे बल्ब लगाने क्यों नहीं देतीं? ये काम उसे क्यों नहीं करने देतीं?

[माँ एक ख़ामोश मुस्कान के साथ सिर हिलाती है और अन्दर चली जाती है, आँसू पोंछते हुए। हेमा उसे देखती रह जाती है। वह अपना मोबाइल निकालती है और नम्बर लगाती है।]

पिताजी : तीन बच्चे, तीनों के तीनों परदेस में, शादीशुदा। मैंने तुम्हें अपने दोस्त फ़ड़निस के बारे में बताया है न?

हेमा : *(बग़ैर दिलचस्पी के)* मुझे नहीं लगता। बताइए।

पिताजी : उसके तीन बेटे—तीनों यू.एस. में। उसकी किडनीज़ बोल गईं, वो आख़िरी साँसें ले रहा था। तो पहला बेटा लीव लेकर आया। एक महीना रुका। पर फ़ड़निस मरा नहीं। तो वो वापस चला गया। अगली बार जब फ़ड़निस ने फिर खाट पकड़ी तब दूसरे बेटे ने आकर इन्तज़ार किया। उसकी छुट्टियाँ ख़त्म हो गईं पर फ़ड़निस ने मेहरबानी नहीं की। सुना है, तीसरे बेटे ने माँ से कहा, 'अब अगर अप्पा नहीं मरे...तो मैं तो दो साल तक नहीं आ सकता। मैंने बीवी और बच्चों को अगले साल मालदीव ले जाने का प्रॉमिज़ किया है मॉम!'

हेमा : *(लगभग मोबाइल में बोलती है।)* शटअप अप्पा। ऐसे शुभ अवसर पर इतनी घिनौनी बातें सोच भी कैसे सकते हैं?

[दृश्य-7 समाप्त]

दृश्य-8

[अश्विन और विदुला—रेस्टोरेंट में। उसकी बोली में अमेरिकी लहजा काफ़ी मज़बूत है।]

अश्विन : तुम्हें शायद ये लगता है कि मुझे और खुलकर पेश आना चाहिए—स्टेट्स में ज़िन्दगी कैसी होती है, ये अच्छी तरह से, बारीक़ी के साथ बताना चाहिए। शायद तुम्हें इस बात का बुरा लगता है कि मैं अब ज़्यादा मज़ाक़ नहीं करता। या हमारे भविष्य के बारे में ज़्यादा बात नहीं करता। वैसे मैं अगर ठान लूँ तो काफ़ी मिलनसार हो सकता हूँ। हम जिन-जिन रिसेप्शंस में साथ गए हैं, तुमने तो मुझे देखा ही है। लोगों को इम्प्रेस कर सकता हूँ। आय कैन बी चार्मिंग—अगर चाहूँ तो किसी का भी दिल उड़ा ले जा सकता हूँ। फिर तुम्हारे साथ इतना कम क्यों बात करता हूँ? क्योंकि...*(विराम)* क्योंकि अगर यह मेरा 'असली मैं' है 'द रीअल मी' यू नो...मैं तुमसे झूठ नहीं बोलना चाहता। मैं इस वक़्त एक डिफ़िकल्ट मोड़ पे हूँ, अ स्पिरिचुअल क्राइसिस अन्दर ही अन्दर उबल रहा हूँ—ज्वालामुखी की तरह। मैं चाहता हूँ कि तुम मेरी सहभागी बनो मेरी इस सेल्फ़ डिस्कवरी में। अपने सच्चे 'मैं' को समझने के लिए तुम्हें दिमाग़ से बहुत काम लेना पड़ेगा और दिल से भी। मतलब इंटेलेक्चुअली और इमोशनली। तुम्हें काफ़ी कुछ सैक्रीफ़ाइस भी करना

पड़े शायद! अगर तुम मुझसे शादी करने को तैयार हो, तो तुम्हें मेरी अन्दरूनी छटपटाहट को अपनाना होगा। पर आख़िर में, तुम ख़ुद महसूस करोगी इसका कमाल। *(मोबाइल बजता है—मोबाइल पर बात करने लगता है।)* हेलो, हाँ? ओह! यू वाट बिलीव दिस! पर मैं धारवाड़ में हूँ। शहर नहीं, बड़ा-सा नगर है—इन द बैकवुड्स ऑफ कर्नाटका। और क्या तुम जानते हो, मैं यहाँ क्यों आया हूँ? यू विल नेवर गेस। ये डिसाइड करने के लिए कि शादी करूँ कि नहीं—नहीं, नहीं, नहीं—ओह नो! शादी करने नहीं सिर्फ़...तय करने कि शादी करूँगा या नहीं...मुझे अभी तक वो पता नहीं है...यू सी। आफ़्टर ऑल, दोनों को तय करना होगा है न? पर मैं तो यहाँ हूँ और विदुला मेरी बग़ल में बैठी है। विदुला। विदुला नाडकर्णी...याह। नहीं, असली सवाल पूछने से पहले मैं उसे अपने बारे में समझा रहा हूँ सो...उसे पता तो चले—अबाउट व्हॉट शीज़ गेटिंग इन टू! *(विराम)*...कम। डू कम। इट विल बी सुपर्ब! और साथ में मच्छरदानी भी ले आना, ओ के? हाँ, मच्छर और बन्दर। ये इस जगह की शान हैं...तुम नहीं आ सकते? ओह, व्हॉट अ पिटि यू कांट! यैह! सी यू। मैं शिराली जाने की सोच रहा हूँ, अपने स्वामी जी से मिलने। फिर वहाँ से मेडरास—आय मीन चेन्नई। हाँ, अब उसे मेडरास नहीं कहते, चेन्नई कहते हैं। इंडियंस को सबसे ज़्यादा ख़ुशी नाम बदलने पर होती है—रास्तों के नाम, शहरों के नाम। नाम बदलने के लिए कोई भी बहाना चलेगा। स्टेशनों और एयरपोर्ट्स को भी नहीं छोड़ा। इनफ़ैक्ट, मैं विदुला को यही बतानेवाला हूँ कि शादी के बाद नाम बदलने की कोई ज़रूरत नहीं—उसे नाम बिलकुल नहीं बदलना चाहिए। आख़िर ये ही उसकी पहले से पहचान रही

है—शी मस्ट रिमेन ट्रू टू हर रूट्स...यैह। चेन्नई से क्वालालम्पुर। फ़ाइन...बाय।

(विदुला से)

पहले तो मुझे तुम्हें अपने बारे में बताना चाहिए। अमीर हूँ—रिच! यू.एस. में बेहद कामयाब रहा हूँ। मैंने ख़ुद सपने में भी नहीं सोचा था कि इतना सक्सेसफ़ुल रहूँगा...बियांड माय ओन वाइलडेस्ट एक्सपेक्टेशंस। बियांड एनीवंस वाइलडेस्ट ड्रीम्स। जब मैं कॉलेज में था, मैं कोई क्लास में सबसे होनहार लड़का नहीं था। मुझसे कहीं 'होनहार' लड़के बहुत थे। पर अब वो सब कहाँ हैं? कौन जाने? नो वन नोज़! लेकिन मैंने ख़ूब कमाया। मैं तो कांग्रेस को ख़रीद सकता हूँ—इसमें कोई शक नहीं। यू.एस. इज़ द लैंड ऑफ ऑपरच्यूनिटी। गॉड्स ओन कंट्री। बट, बट, बट...और बट्स तो बहुत हैं वहाँ पर।

पहली बात। गोरों की बाज़ी पूरी हो चुकी है। मेहनती गोरे इमिग्रंट का क़िस्सा पुराना हो चुका है। हक़ीक़त तो ये है कि अब मशीन चल रही है, हमारी बदौलत। हम, एशियंस की। एंड ऑफ़कोर्स, हम ख़ूब कमा रहे हैं तो उनका जी जलता है। जिस मकाम पे जूज़ किसी दिन थे, आज हम इंडियंस वहीं खड़े हैं। और ये तालिबान, अलकायदा और हिज़बोलाह न होते तो हमने इनकी इकोनॉमी को कब का अपने क़ब्ज़े में कर लिया होता। शान्ति से। हमारी यही तो बात गोरों को पसन्द है। शान्त, सिटिज़ंस। मेहनती, ऑनेस्ट। ऐसे लोग जो 'जीओ और जीने दो' सिर्फ़ बोलते नहीं, करते हैं।

...दूसरी बात ये कि हम इंडियंस को एक और अनोखा फ़ायदा है। यू.एस. में मैंने ज़िन्दगी का बहुत मज़ा लिया है। गर्लफ्रेंड्स, अफेयर्स, औरतें, वन-नाइट

स्टेंड्स। सब कुछ आज़माकर. देख लिया, अब इस नतीजे पर पहुँचा हूँ कि उनका कल्चर बिलकुल खोखला हो चुका है...ये कोई मायने नहीं रखता...ऐसा मायना जिसे लोग जी चुके हों। चमक-धमक के क्या कहने, पर गहराई नहीं। इट इज़ शैलो, यूरोपियन इंडस्ट्रियल रेवोल्यूशन की शुरुआत रिलिजन, धर्म से दूर हटकर हुई। उसकी देन थी मटीरीअल वैल्यूज़। चीज़ें हासिल करना ही सब कुछ हो गया। आज वही इन वेस्टर्न कंट्रीज़ का, पश्चिम का गला घोट रही है। रूहानी धागे टूट चुके हैं—नो स्पिरिचुअल मूअरिंग्स लेफ्ट! बहे जा रहे हैं एक ऐसी दुनिया में जिसमें न भगवान हैं, न कोई नीति।

तुमने टॉयन्बी पढ़ा है। आरनल्ड टॉयन्बी ? नहीं—पढ़ना ज़रूर। वह एक ऐसा थिंकर है जिसे वेस्ट भूल ही गया है। उसकी सोच को जानबूझकर भुला दिया। अब भुगत रहे हैं। जब तुम स्टेट्स आओगी, मैं तुम्हें उसकी किताबें दूँगा।

[हँसता है]

अगर तुम तय करो कि तुम स्टेट्स आओगी। धीरे-धीरे—और माइंड यू बहुत दर्दनाक रूहानी खोज की और बड़े दर्द के साथ ये जान लिया है कि हमारी हिन्दू संस्कृति रूहानी मामलों में बहुत आगे है—वेरी रिच। देखना, अन्त में हिन्दुइज़्म ही दुनिया को अनीति के कोलाहल में ढह जाने से बचा लेगा।

इसलिए तो मैं लाइफ़ पार्टनर ढूँढ़ने धारवाड़ आया हूँ। तुम तो इमैजिन कर ही सकती हो कि बॉम्बे और बंगलौर से मेरे लिए बेहतरीन रिश्ते आए थे। पैसेवाले, फ़ायदेमन्द रिश्ते। और स्टेट्स में ही बसी बहुत अच्छी सारस्वत ब्राह्मिन फ़ैमिलीज़ हैं। और सब बहुत अच्छा कर रहे

हैं। पर मैं धारवाड़ इसलिए आया हूँ कि मुझे यक़ीन है कि धारवाड़ जैसी जगहों में पवित्रता का ख़याल, इन्नोसेंस, मासूमियत में भरोसा अभी ज़िन्दा है। हिन्दू स्पिरिचुअलिटी तो तुम जैसे किसी के ख़ून में ही है। औरत जो माँ-बीवी-बेटी हो, जिसके लिए उसका औरत होना बहुत ही श्रेष्ठ है। वुमनहुड इज़ अ सेकरेड आइडियल!

माइंड यू—मानना पड़ेगा कि वेस्ट से सीखने लायक बहुत-कुछ है, जैसे—एफिशियंसी प्लैनिंग।

इसलिए तो हमसे कहीं आगे हैं।

...फॉर इन्सटंस, अंकल गोविन्द राव बता रहे थे कि तुम्हारे भाई रोहित ने उन्हें पक्का अप्वॉइंटमेंट दिया था और आया ही नहीं—फिर मुँह ही नहीं दिखाया उसने! स्टेट्स में ऐसा कुछ करो तो माफ़ी के बारे में भूल ही जाओ। यहाँ भी ऐसी हरकत का मतलब समझना मुश्किल है। अगेन, और ये बहुत ही इम्पोर्टेंट है, मैं ये समझ नहीं पा रहा कि तुम्हारे घरवालों ने तुम्हारा पासपोर्ट तैयार क्यों नहीं रखा? इमेजिन, मुझे कितना ताज्जुब हुआ, कितनी नाराज़गी हुई जब मैंने सुना कि तुम्हें उसके लिए अभी अप्लाई करना है। इसका मतलब ये हुआ कि अगर हम दोनों शादी करनेवाले हों तो भी तुम वहाँ कुछ हफ़्तों बाद ही आ पाओगी। मुझे पता है, वीसा के लिए पहले शादी करनी होगी। पर पासपोर्ट? तुम मुझे ये तो बता सकती थी कि तुम जाना चाहती हो—कि जाने के ख़याल से ख़ुश हो—एक्सायटेड हो। मुझे इससे ख़ुशी होती। मैं, क्या कहते हैं—बात का बतंगड़—येस दैट्स इट—बतंगड़ नहीं बनाना चाहता। पर तुम समझ रही हो?—यू सी व्हॉट आय मीन? सो अब मेन प्वाइंट ये है—मैं चाहता हूँ कि तुम इसे सिर्फ़ शादी न समझो, बल्कि अपना मक़सद समझो। मैं चाहता

हूँ कि तुम हमारी संस्कृति, हमारी आध्यात्मिक परम्परा, स्पिरिचुअल ट्रेडिशंस वेस्ट तक पहुँचाने में, वेस्ट को बचाने में मेरी पार्टनर बनो। हाँ, वेस्ट को बचाने में। *(उसकी उँगलियाँ मोबाइल पर दौड़ती हैं। वह बोलता है।)* मैंने वीडियो या ई-मेल पर इन चीज़ों के बारे में बात नहीं की। ऐसी बातें सारे घरवालों के साथ बैठकर शेयर नहीं की जातीं। ये मेरे दिल की सबसे अन्दरूनी बात है। मेरी आत्मा की गहराई से—सिर्फ़ तुम्हारे लिए। अगर तुम्हें ये सब ठीक नहीं लगता, मंजूर नहीं—तो फ़ील फ्री। बता दो। आय डोंट माइंड।

मैं चाहता हूँ कि तुम सच-सच बता दो! इसीलिए तो मिल रहे हैं हम। हर चीज़ की हम दोनों को मंजूरी हो—प्वॉइंट बाय प्वॉइंट, तभी हम शादी करेंगे। तुम बहुत बड़ी ज़िम्मेदारी ले रही होगी। सोच लो। अगर मंज़ूर नहीं तो अभी बता दो—और हम दोस्तों की तरह मिला करेंगे। तुम अपने रास्ते, हम अपने। बिना किसी दुश्मनी के।

(मोबाइल पर नम्बर कनेक्ट हो जाता है। कान पर लगा लेता है) हेलो...मैं अश्विन...हाय...मेरा ई-मेल मिल गया? ...नहीं? लो—इंडियन टेक्नोलॉजी का कमाल!

[विदुला बग़ैर कोई भाव दिखाए सुनती है।]

[दृश्य-8 समाप्त]

दृश्य-9

[लिविंग रूम। फ़र्श पर सूटकेस खुला पड़ा है। पिताजी बन-ठनकर बैठे हैं जैसे किसी सभा में भाषण देनेवाले हों! हेमा कुछ कपड़े सूटकेस में भरने की असफल कोशिश में लगी है।]

हेमा : राधाबाई, राधाबाई!

[बाहर से गाड़ी के हॉर्न का बजना सुनाई देता है। सामने के दरवाज़े तक जाकर बाहर झाँकती है। चिल्लाती है।]

आ रहे हैं। प्लीज़ वेट।

[फिर गाड़ी का हॉर्न बजता है। वह बाहर जाती है और पहले से तेज़ चिल्लाती है।]

शोर क्यों मचा रहे हो? हम जल्दी आ जाएँगे। प्लीज़, ज़रा रुको।

[घर के अन्दर मुँह करके]

रोहित, विदुला, कैब आ गई है।

[फिर सूटकेस भरने लगती है। राधाबाई बाहर आती है।]

राधाबाई, ज़रा इसके ढक्कन पर बैठ जाओ, प्लीज़। बन्द ही नहीं हो रहा।

[दोनों सामान को सूटकेस में ठूँसते हैं। फिर शरमाकर हँसती है, ढक्कन पर बैठ जाती है।]

माँ कहाँ है ?

राधाबाई : आराम कर रही हैं। बेचारी! बेटी को विदा जो करना है...

हेमा : राधाबाई देखो, हमारे स्टेशन के लिए निकल जाने के बाद शायद वह पड़ोस का लड़का विवान यहाँ आए।

राधाबाई : वही जो हर रोज़ किताबें ले जाता है, वो? क्या वो सचमुच एक ही दिन में इतनी मोटी-मोटी किताबें पढ़ लेता है? या तो बहुत ही होशियार होगा या बिलकुल बुद्धू।

हेमा : हाँ वही। अगर वो तुम्हें कोई किताब पकड़ा दे, तो उसे मेरे लिए अलग रखना। और किसी को देना मत।

[अब तक हेमा ने सूटकेस का ढक्कन दबाकर, सूटकेस पे ताला लगा दिया है। राधाबाई को सिर हिलाकर इशारा करती है कि सूटकेस का काम हो गया है। राधाबाई, अपनी आदत के मुताबिक़, बड़बड़ाती हुई अन्दर जाती है।]

राधाबाई : और दे भी किसे सकती हूँ? विदु और रोहित तो बंगलौर जा चुके होंगे। अरे, बेचारी अम्मा, अकेली! उनके सिवा तो यहाँ और कोई है भी नहीं!

[हेमा मोबाइल निकालकर मेसेज भेजने लगती है। रोहित छोटा सूटकेस लिये आता है और उसे देखता हुआ खड़ा रहता है। वह ख़त्म करके ऊपर देखती है, उसे देखकर यूँ मुस्कुराती है, मानो माफ़ी माँग रही हो।]

हेमा : *(अपने बचाव में अचानक कुछ याद आ गया।)* अब उन्हें फ़ोन नहीं कर सकती। वहाँ आधी रात होगी।

राधाबाई : *(धीमी आवाज़ में)* तुमने उससे बात की है ?

हेमा : *(कुछ शरमाकर)* नहीं, अभी तक नहीं। करूँगी।

रोहित : कब करोगी ? स्टेशन के प्लेटफ़ॉर्म पर। प्लीज़, यह काम मुझ पर मत छोड़ना। मैं नहीं करूँगा। मुझसे नहीं होगा।

[हेमा सर हिलाती है कुछ परेशान-सी। अचानक सूटकेस पर लगे लेबल देखती है।]

हेमा : देखो तो *(पुकारती है)* विदु, क्या हो गया है तुम्हें ? तुमने अपना मायके वाला सरनेम लगाया है इन लेबलों पर। विदुला नाडकर्णी। ऑनेस्टली !

विदुला : *(तेज़ी से बाहर आती हुई)* ओ गॉड ! मैं तो भूल ही गई !

हेमा : भूल गई ! अपना, ख़ुद का, शादी के बाद वाला नाम भूल गई ?

विदुला : नहीं-नहीं, बात ये है कि मैं अब ख़ुद नहीं जानती कि कानूनन मेरा नाम क्या है। *(हँसती है।)*
क्या फ़र्क़ पड़ता है, हेमक्का ? अश्विन कहता है मुझे अपने मैके का नाम चलाना चाहिए।

हेमा : शायद। स्टेट्स में फिर बदल लो। फ़िलहाल तुम्हारे टिकट पर तुम्हारा शादीवाला नाम है—और पासपोर्ट पर भी।

विदुला : रामदास काका के इस सिलसिले के बाद मैं यक़ीन के साथ कह नहीं पाती कि असल में मैं कौन हूँ ! लगता है, जैसे मेरा अपना नाम फिसलता जा रहा है ! मुझसे ढुलता चला जा रहा है, दूर ! *(हँसती है।)*

ठीक है। मैं इन लेबलों को सही कर दूँगी। तुम्हारे पास क़लम है? ज़रा ला दो तो। *(अन्दर जाने लगती है।)*

हेमा : अभी नहीं बुद्धू—बंगलौर में कर लेना। तुम्हारे पास पूरा दिन पड़ा होगा वहाँ। *(अचानक)* विदु, रोहित और मैं तुमसे कुछ बात करना चाह रहे थे।

विदुला : *(ताज्जुब से)* अभी? आपको देर नहीं हो रही क्या?

हेमा : रोहित, ज़रा इधर आओगे एक मिनट? *(विदुला से)* ऐसी बातें यूँ जल्दी में नहीं की जातीं—पर तुम तो जानती हो कैसी भाग-दौड़ होती है ऐन वक़्त। और कुछ चीज़ों के बारे में बात करना इतना मुश्किल होता है कि...बैठ जाओ। बैठो।

[उसे बिठाकर ख़ुद उसके साथ बैठ जाती है। रोहित आकर उनके पीछे खड़ा हो जाता है]

विदुला : *(हँसती है)* बाप रे! इतना संजीदा माहौल! जैसे किसी की मौत हो गई हो!

हेमा : शटअप! मनहूस बातें नहीं करते। *(विराम)* विदु, बात अश्विन की है। तुम्हारे और उसके बीच सब ठीक तो है न?

विदुला : *(हँसती हुई)* तुम तो जानती हो कैसा होता है। होटल में आठ दिन। वॉज़ इट सेक्स?
(हेमा इस बात से अपने होंठ दबा लेती है, दाँतों तले।)
या एक-दूसरे की आदत डाल रहे थे...पता नहीं।

रोहित : तुम तो कह रही थी वह बहुत ही कम बोला!

विदुला : बोलने के लिए कुछ था ही नहीं। उसे दोष नहीं दे सकते। कह रहा था, एक बार वहाँ आ जाऊँ तो एक-दूसरे को जान जाएँगे। फ़ेअर इनफ़—

हेमा : बिलकुल—अब तुम जो वहाँ जा रही हो, सब कुछ ठीक हो जाएगा। हमें कोई शक नहीं। पर अगर किसी

भी वजह से बात नहीं बनती—मान लो, तुम्हें कभी ऐसा लगे कि तुम उसके साथ रह नहीं सकती—

विदुला : मैं क्यों नहीं रह सकूँगी उसके साथ?

रोहित : ऊटपटाँग बात मत करो। उसने भी कोई बहुत कम्यूनिकेशंस तो भेजे नहीं...इतने हफ़्तों में केवल आधा दर्जन ई-मेल्स—और कॉल्स भी इक्का-दुक्का।

विदुला : मैंने कहा न! वो मेरा इन्तज़ार कर रहा है।

हेमा : एनिवे, हमें यक़ीन है कि तुम ही सही हो। लेकिन फिर भी अगर बात न बने तो...

विदुला : हाँ—न बने तो?

[हेमा आगे बोल नहीं पाती।]

रोहित : हेमक्का ये कहना चाहती है कि कभी अश्विन को डिवोर्स करके वापस आना चाहो तो झिझकना मत।

हेमा : अगर जी करे तो उसे छोड़ देना, तलाक दे देना। तुम पक्की पोढ़ी करने से झिझकती हो—यू आर टिमिड। हम बिलकुल नहीं चाहते कि दुनिया के डर से तुम कोई ज़ुल्म सहो या इसलिए कि हमें कैसा लगेगा! अरे, तुम जो भी क़दम लोगी, हम तुम्हारे साथ हैं। *(विराम)*

रोहित : हम मॉडर्न वर्ल्ड के हैं—यह कोई बाबा आदम का ज़माना नहीं है। डिवोर्स इज़ ओके। इसमें अब कोई शर्म की बात नहीं। *(विराम)*

विदुला : *(ठंडे दिमाग़ से)* मैं अश्विन से कभी अलग नहीं होऊँगी। डिवोर्स बिलकुल नहीं।

हेमा : *(उसकी दृढ़ता से कुछ परेशान)* हम तुमसे ये नहीं कह रहे हैं कि करो...

रोहित : ऑफ़कोर्स—ऐसी नौबत आए तो सबसे ज़्यादा ख़ुशी हमें ही होगी।

विदुला : अश्विन ज़्यादा न भी बोले पर शादी से उसे क्या उम्मीद है, ये उसने साफ़-साफ़ बता दिया। मैंने उसे ज़बान दे दी है। मैंने मछली खाना छोड़ दिया है।

[हँसती है]

हेमा : आय नोटिस्ड।

विदुला : सबको यही शिकायत थी कि मैं कोई क़दम ही नहीं उठाती—झिझकती हूँ हमेशा। अबकी बार मैं क़दम उठाकर रहूँगी। आप इस बात से तो ख़ुश हैं न?

रोहित : पर अश्विन का क्या?

विदुला : उसका क्या?
मुझे अश्विन पर भरोसा है—आख़िर वो मेरा पति है।
(उठती है) हमें चलना चाहिए। नहीं!
(कोई जवाब नहीं) मैं ठीक रहूँगी। डोंट वरी।

रोहित : *(अन्दर चिल्लाता हुआ जाता है)* अम्मा, तुम अब तक तैयार नहीं हुई?

विदुला : वैसे हेमक्का, मेरे जाने के बाद यहाँ और एक हफ़्ता रहने के लिए शुक्रिया। अम्मा को तुम्हारी ज़रूरत है। हमेशा से थी। तुम मानो न मानो।
उसे मेरी उतनी ज़रूरत नहीं है जितनी कि तुम्हारी।

हेमा : *(यह बात उसके दिल को छू लेती है)* तो फिर ठीक है। कल जब सिर्फ़ अम्मा और मैं साथ होंगे, सबसे पहले उससे मैं यहीं पूछूँगी : अम्मा, राधाबाई के कायापलट की वजह क्या है? देखें, सीधा जवाब मिलता है या नहीं?

[हँसते हैं। बाहर मोहन और मीरा के बोलने की आवाज़। रोहित तेज़ी से बाहर आता है।]

रोहित : वही हैं! आय कांट बिलीव इट! इस वक़्त?

[मोहन और मीरा प्रवेश करते हैं।]

मोहन : ओह! भगवान का शुक्र है—आप स्टेशन के लिए अभी निकले नहीं?

रोहित : *(चिड़चिड़ा-सा)* अभी निकलने ही वाले थे। बस, अम्मा के लिए रुके हैं।

मीरा : सच कहें तो, हम स्टेशन गए थे तुमसे मिलने। ट्रेन चालीस मिनट देर से जाने वाली है—सो यहीं चले आए।

मोहन : फ़िक्र हो रही थी कि कहीं ऐसा न हो कि हम यहाँ पहुँचें और आप सब निकल गए हों!

हेमा : आइए, आइए अन्दर बैठिए।

मोहन : बात ये है कि मैंने मीरा के भाईसाहब से अभी-अभी बात की, हैदराबाद में। उनके फ़र्म का बहुत ही ख़ूबसूरत गेस्ट हाउस है बंगलौर में। रोहित, तुम और विदुला कल वहीं ठहर सकते हो।

रोहित : नहीं-नहीं, हमने अपने कज़िंस को बता दिया है कि हम उनके साथ रहनेवाले हैं।

मोहन : कौन से कजिंस? कुलकर्णी?

मीरा : अरे, उन्हें तो हम अच्छी तरह जानते हैं। उनका छोटा-सा टू-बेडरूम फ़्लैट है—और वे ख़ुद पाँच लोग ठूँसे रहते हैं उसमें। वहाँ तुम्हारा सामान तक रखने के लिए जगह नहीं होगी।

मोहन : देखो, हम तुम्हें परेशान नहीं करना चाहते—पर इसके भाईसाहब ने कहा है कि उनके ऑफ़िस से वे तुम्हारे लिए स्टेशन पर गाड़ी भेज सकते हैं। गाड़ी तुम्हें गेस्ट हाउस ले जाएगी और सारा दिन तुम्हारे साथ रहेगी। बड़ा आराम रहेगा, आसान भी।

रोहित : प्लीज़ उनसे कहिए कि वे तकलीफ़ न करें।

मीरा : तो बंगलौर में कहीं भी घूमोगे कैसे?

रोहित : ऑटो रिक्शा की कमी है क्या?

मोहन : सुनो, गाड़ी होगी तो तुम अपने सारे दोस्तों से, रिश्तेदारों से मिल सकोगे। विदुला इतनी जल्दी वापस भी तो नहीं आनेवाली। बंगलौर में तुम्हारे सभी रिश्तेदार उससे मिलना चाहेंगे। गाड़ी एयरपोर्ट जाकर तुम्हें फिर स्टेशन भी छोड़ देगी।

हेमा : *(रोहित और कुछ इसके ख़िलाफ़ बोले—इससे पहले ही)* हाँ—दैट वुड बी वेरी नाइस—पर हम आपको तकलीफ़ नहीं देना चाहते।

मोहन : ओहो! इसमें तकलीफ़ कैसी? आपको किसी के घर थोड़े ही भेज रहे हैं—यह तो ऑफ़िशियल अकमोडेशन है—ऑफ़िशियल गाड़ी—ऑफ़िशियल चीज़ें इसीलिए तो होती हैं!

मीरा : बंगलौर में पहुँचते ही ऑटो रिक्शा ड्राइवरों से झिकझिक! अघ्!

मोहन : मैं भाईसाहब को बता देता हूँ—
उन्हें अपने स्टाफ़ को बताना होगा न। वो भी इससे पहले कि लोग घर चले जाएँ, गुड! वैसे अपने सामान का वज़न कर लिया तुमने? ट्रेन में चढ़ने से पहले एक्सेस बैगेज़ के पैसे भर देना अच्छा। वरना काफ़ी परेशानी हो सकती है।

रोहित : जानता हूँ—इसलिए तो माँ को रवाना करने की कोशिश में लगा हूँ।

मोहन : अरे, उन्हें परेशान मत करो? हम यहाँ किसलिए हैं? सारा सामान बाहर टैक्सी में रख दिया है न?

रोहित : हाँ।

विदुला : ऐसा करते हैं, मीरा और मैं आगे चलते हैं टैक्सी में। हम दोनों स्टेशन जाकर, सामान का वज़न करवाकर, जो भी भरना है, भर देंगे। तुम सब आराम से हमारी

गाड़ी में आ जाना—गाड़ी तो वैसे भी चालीस मिनट देर से जाएगी।

रोहित : नहीं-नहीं, ऐसा कैसे हो सकता है?

मोहन : फ़िक्र क्यों करते हो? सब कुछ हम पर छोड़ दो।

[माँ आरती का थाल ले आती है। राधाबाई पीछे-पीछे प्रवेश करती है। दीया जल रहा है।]

राधाबाई : चलो, आओ विदु—पूरब की ओर मुँह करो।

[विदुला पूरब की ओर मुँह करती है। मोहन अपनी बीवी की ओर देखकर चलने का इशारा करते हैं।]

मोहन : चलो मीरा।

[मोहन सूटकेस बाहर पहियों पर खींच ले जाता है। उसके बग़ल में रखे कुछ छोटे बैग उठाकर मीरा भी चल देती है]

रोहित : गॉड! इनका भी जवाब नहीं!

हेमा : पर वे सही तो कह रहे हैं! रोहित, तुम उन्हें आगे भेजकर यहीं जमे रहो, ये ठीक नहीं।

रोहित : हँ! *(आह भरता है)* तुम ठीक कहती हो। अम्मा, मैं स्टेशन पर मिलूँगा। अच्छा अप्पा, विदु को बंगलौर से विदा करके दो दिन में लौट आऊँगा।

[वह बाहर जाता है। अम्मा आरती ख़त्म करके थाल राधाबाई को देती है, जो उसे अन्दर ले जाती है। विदुला माँ के चरण छूती है और पिताजी के सामने झुकती है।]

पिताजी : शादी तो है ही जुए का खेल—मानो न मानो, सच तो यही है—दाँव लगाओ और ख़ुद आज़माओ।

[माँ विदुला को अपने पास सोफ़े पर बिठाती है]

माँ : तुम्हारे जाने की घड़ी सिर पर आ गई और हमने अब तक साथ बैठकर बात तक नहीं की। क्या कहूँ मैं अब? तुम्हारे पिताजी और मेरी शादी से पहले हमने एक-दूसरे को एक-दो बार ही देखा था। हर बार चाय पर। सुना है, मेरी अम्मा ने अप्पा से शादी करने से पहले, उनके गले में वरमाला डालने से पहले, देखा ही नहीं था। ओ हो! मैं तुम्हें ये सब क्यों बता रही हूँ? हमारी उम्र कट चुकी। मेरे अप्पा ने मुझे कॉलेज भी ख़त्म नहीं करने दिया। और हेमा बहुत ही ज़ल्द पैदा हो गई। फिर, एक के बाद एक—ट्रांसफर। मैं तो ठीक से घर भी बसा नहीं पाई। कहने को—अपना घर—तो कभी मिला ही नहीं। मैंने अपनी ज़िन्दगी में कुछ भी हासिल नहीं किया। पर उम्मीद तो यही थी कि तुम लड़कियाँ कुछ कर दिखाओगी। आज के ज़माने में मौक़ों की कोई कमी नहीं। हम तो ऐसी दुनिया का, ऐसी ज़िन्दगी का सपना तक नहीं देख सकते थे। पर हेमा ने न अपने दिमाग़ का फ़ायदा उठाया, न अपनी ख़ूबसूरती का कुछ भी किया। बस शादी कर ली और गृहस्थी सँभालने से ही ख़ुश है। तुम तय कर लो तो क्या हासिल नहीं कर सकती? पर ध्यान देकर, मन लगाकर कुछ करोगी तब न! कितना अच्छा गाती हो! तुम तो कितनी अच्छी तरह नाचती भी थीं! कहते हैं अमेरिका में बहुत-कुछ हो सकता है। सुना है वहाँ हर चीज़ में कोर्स किया जा सकता है—पेंटिंग, सेरामिक्स, पौट्टरी। वहाँ बाल-बच्चों को पैदा करने

में, उनकी परवरिश में, भगवान की देन को गँवा मत देना। भगवान ने मुझे इतने प्यारे बच्चे दिए। पर मैं तो उन्हें राह नहीं दिखा सकी। हमने तुम्हारे लिए कुछ नहीं किया। तुम अब अपनी ज़िन्दगी के साथ ऐसा हर्गिज़ मत करना।

[माँ रोने लगती है। विदुला उसे गले से लगा लेती है। हेमा अपनी जगह खड़ी रहती है—उसकी आँखें भर आती हैं। फ़ोन बजता है—हेमा फ़ोन उठाती है।]

हेमा : हेलो...ओह हेलो, इज़बेल, मैं हेमा—रोहित की बड़ी बहन...

[माँ की बातचीत के दौरान राधाबाई दरवाज़े पर आकर खड़ी होती है, वहीं से सब देखती-सुनती है। विदुला उसकी ओर बढ़ती है।]

विदुला : अच्छा, राधाबाई—ये तुम्हारे लिए। *(हाथ में लिफ़ाफ़ा थमा देती है।)*

राधाबाई : नहीं-नहीं, तुमसे कुछ लेने का ये सही वक़्त नहीं है। तुम जब वापस आओगी न, पहले बच्चे के जन्म के लिए तब! जल्दी आना—तब गठरी भर लेने से भी ना नहीं कहूँगी।

[विदुला राधाबाई को गले लगा लेती है। फिर पिताजी के गले लगकर जल्दी से माँ को लिये बाहर निकल जाती है। राधाबाई पीछे-पीछे जाती है।]

हेमा : *(फ़ोन पर)* वो स्टेशन गया है—अभी—एक मिनट भी नहीं हुआ। मोबाइल शायद स्विच्ड ऑफ़ होगा...नहीं। वे हमारे कज़िंस के यहाँ नहीं ठहरेंगे। एक्चुअली,

उनको सीरूर के गेस्ट हाउस में रहने का आमंत्रण मिला है...हाँ, तुम सीरूरों के बारे में जानती हो? आह— हाँ, हाँ। हाँ वही परिवार...नहीं, नहीं, नहीं। नहीं वो वहाँ लड़की देखने नहीं जा रहा। सीरूरों ने गेस्ट हाउस दिया है रहने के लिए। नाइस ऑफ़ देम। कन्वीनीयंट भी रहेगा। रीअली...यू नो इज़बेल...वो होगी या नहीं, मैं कह नहीं सकती। बेहतर यही होगा कि तुम कल मोबाइल पर बात कर लो। मुझे अब देर हो रही है। आय मस्ट रश, बाय!

[फ़ोन नीचे रख देती है।]

हम जल्दी आ जाएँगे अप्पा। फ़िक्र मत करना।

[वह चली जाती है। पिताजी अचानक खड़े हो जाते हैं और भाषण देने लगते हैं। उनके भाषण शुरू करने के कुछ ही क्षण बाद हम टैक्सी के जाने की आवाज़ सुनते हैं। राधाबाई प्रवेश करती है, हाथ में किताब लिये। कुछ मुस्कुराकर पिताजी को ख़ाली हॉल में भाषण देते हुए देखती है।]

पिताजी : इससे पहले कि हम जुदा हों—क्योंकि विदाई टल नहीं सकती—मुझे कुछ कहना है। तुम सबने सुना, अम्मा ने जो कहा। मुझे एक ही बात कहनी है कि ये नाइन्साफ़ी कर रही है—ख़ुद से नाइंसाफ़ी। अगर आज हम सब एक साथ, मिल-जुलकर ख़ुश हैं तो ये तुम्हारी अम्मा की बदौलत है। परिवार के लिए इसने क्या नहीं किया, क्या-क्या नहीं सहा! तुम नहीं जानते। मेरी नौकरी ऐसी थी कि हर छह महीने तबादला होता था—किसी मुफ़स्सल इलाके के एक छोटे नगर से दूसरे नगर को। तीन बच्चे। घर के ख़र्चे सँभालते-सँभालते उसके लिए कुछ बचता ही नहीं था—तनख़्वाह

ही उतनी थी तो करती क्या?

...पर ख़ुद के लिए कभी कुछ नहीं माँगा। साड़ियाँ दो ही थीं—एक बदन पर, दूसरी तार पर टँगी हुई सूखने। फिर भी कभी हमने न तो उसकी क़ुरबानियों की दाद दी, ना ही उसके ज़िन्दगी को सँभालने के हुनर की। उसके...

राधाबाई : *(आकर देखती है। पिताजी को हलके हाथ से कोहनी पर छूती है)* अप्पा, सब चले गए हैं।

पिताजी : ओह! हाँ-हाँ...अच्छा...हाँ, जाना तो था ही।

राधाबाई : अन्दर चलें? *(वे अन्दर चले जाते हैं। राधाबाई विवान की ओर मुड़ती है।)* पर वो तो स्टेशन गई है।

विवान : जानता हूँ। मैंने उन्हें जाते देखा। इसलिए आया...मतलब उन्हें इस वक़्त डिस्टर्ब नहीं करना चाहता था। मुझे सिर्फ़ यह किताब लौटानी है।

राधाबाई : आधे घंटे में वापस आ जाएँगे।

विवान : वही तो—मतलब। तुम उसे बता देना। मैं अब और किताबों के लिए नहीं आऊँगा। मेरी दोस्त अम्बुजा अपने नाना-नानी के यहाँ रेड्डी कॉलोनी में रहने आई है—छुट्टियों में—कल पिकनिक मनाने जा रहे हैं। परसों हम लोग...

राधाबाई : मुझे वो सब याद नहीं रहेगा। तुम कल आकर उसे सब कुछ अपने आप बता देना। किताब मैं उसे दे दूँगी।

विवान : यही तो मुसीबत है! मैं कल नहीं आ सकता। परसों नहीं आ सकता। बल्कि फिर कभी नहीं आ सकता।

राधाबाई : ठीक है।

[राधाबाई किताब उठाती है, काग़ज़ को बाहर झाँकते देख, उस पर एक नज़र डालती है।]

(विवान डर के मारे चुप है।)

राधाबाई : *(काग़ज़ को देख)* पर ये तो कोरा है! तुम अपना

सँदेसा ही लिखना भूल गए हो!

विवान : हाँ...हँ...हाँ...मैं...

राधाबाई : क़लम ला दूँ क्या?

विवान : नहीं-नहीं, मुझे उन्होंने ख़ाली काग़ज़ लाने के लिए कहा था—बिलकुल कोरा—प्लीज़ उसे ऐसे ही दे देना।

[वह भाग जाता है। राधाबाई किताब सहजता से टेबल पर रख देती है। सोफ़े पर बैठकर टी.वी. ऑन कर देती है। हमें स्क्रीन नज़र नहीं आता पर संगीत सुनाई देता है—वह देखने लगती है और फिर अपने आपसे बातें करने लगती है।]

राधाबाई : जवान लड़की को घर में कोई नहीं रख सकता। है न?

[मंच पर अँधेरा होने लगता है और राधाबाई टी.वी. की रोशनी में नज़र आती है।]

मैंने मुँड़ेर पर से झुककर देखा कि मैं भी तो जानूँ, क्या हो रहा है! एक पागल औरत—वही थी—दिमाग़ ख़राब हो गया था। पूरी पागल हो गई थी। बच्चे उस पर पत्थर फेंक रहे थे और ये पलटकर उन्हें गालियाँ दे रही थी।

[विराम]

मुझे कुछ पल लगे उसे पहचानने में। सावित्री! वह चीख़ रही थी, चिल्ला रही थी : मेरी अम्मा कहाँ है? मेरी अम्मा का घर कहाँ है? मुझे तो जैसे साँप सूँघ गया हो—ये इधर क्यों आई है? इसे कहीं मेरी मालकिन ने देख लिया तो? मेरा क्या होगा? मैं भागकर छत के

एक कोने में छिप गई। घुटनों में सिर गाड़ लिया कि वो मुझे कहीं पहचान न ले! पता नहीं मैं कितनी देर वहाँ छिपी रही! आवाज़ कुछ धीमी हुई। फिर गली में चुप्पी छा गई और मैं रेंगती हुई गई—वापस अपने रसोईघर में सुरक्षित—जहाँ मेरा कोई कुछ नहीं बिगाड़ सकता।

[विराम]

...मैंने डबल बींस भिगोकर रखे थे उस दिन। मालकिन के सभी घरवालों को मेरे हाथ की बनी डबल बींस की ख़ास 'बेंदी' ब...हु...त...पसन्द है। ख़ासकर बच्चों को। पकवान में सही स्वाद लाना आसान काम नहीं होता। चार लाल मिर्च और इमली को एक साथ पीसना होता है। उसमें ताज़ा नारियल। दो या तीन त्रिफला...बस काफ़ी है। फिर ऊपर से लहसुन का छौंक। पर छौंक भूरा दीखे तब लगे—न ज़्यादा न कम—उसी में तो जादू है। मैं ख़ुद लहसुन नहीं खाती पर बच्चों को पसन्द है। फिर थोड़ा-सा नमक। अब नमक का मामला है तो आँखों का अन्दाज़ सही होना बहुत ही ज़रूरी है...

[रंगमंच पर अँधेरा छा जाता है—राधाबाई की आवाज़ सुनाई देती है। फिर आवाज़ धीमी होती हुई ग़ायब हो जाती है।]

[दृश्य नौ के साथ नाटक समाप्त]

✪✪✪